Diolchiadau

Carwn ddiolch i'r canlynol am bob cymorth ac anogaeth wrth lunio'r nofel: Cyngor Llyfrau Cymru, Gwasg Gomer, Rhiannon Davies, Helen Evans, Gwenllïan Dafydd, Eleri Huws, Sion Ilar, Iola Ynyr a Chwmni'r Frân Wen.

Y Cod

:-)	gwenu
:- x	cusan mawr gwlyb
;->	winc
:]	cyfeillgar
:)	hapus
:D	chwerthin
8O	omigod!
:) :) :)	chwerthin yn uchel
:O	gweiddi
<3	calon
:(	trist
;(	paid â digalonni
GR8	grêt
O:-)	angel
TTAN	ta ta am nawr
@>'-,-	rhosyn
SXC	secsi
xoxoxo	cwtsho a chusanu
£	arian

Pennod 1

NGS I ELI
PEN-BLDD HPS!!! GES T BE T ISIE?
:-}

NGS I CHARLOTTE
BE TN FODWL?

'Wel, agor e 'te!'

Rwy'n siŵr bod Dad a Mam yn fwy ecseited na fi am fy mhen-blwydd.

'Cofio'r flwyddyn pan gafodd hi'r tŷ dol 'na? O'dd fwy o ddiddordeb 'da hi yn y bocs!'

'Da-ad!'

'Wedes i 'thot ti ei bod hi'n rhy fach i ga'l tŷ dol. Tair o'dd hi!'

'Sai'n fabi rhagor.'

'Tair ar ddeg. *Teenager*. Ti'n cymryd dy gam cynta i fod yn fenyw fach!'

Rwy'n siŵr fy mod i'n clywed ei llais yn torri.

Dw i ddim yn deall Mam. Rwy wedi bod yn fenyw fach ers amser hir. Mae gen i fronnau – er bod Ali Sibley'n dweud eu bod nhw'n debycach i ddwy soser – ac rwy'n cael misglwyf bob mis.

Rwy'n ddigon hen i gael babi! (Nid fy mod i eisiau un o'r rheini 'to.) Mae un peth yn sicr. Fydda i fyth yn groten fach eto.

Mae Mam yn rhoi cwtsh fawr i mi ac yn fy ngwasgu'n dynn, dynn.

'Paid. Wy ffaelu anadlu,' meddaf. Rwy ffaelu aros i fod yn hŷn.

'Sori,' meddai hi.

Mae ei llygad yn llaith fel hen fenyw'n cael ei dal yn y gwynt. Rwy'n cyfri i bump i roi amser iddi ddod ati ei hun. Yna, rwy'n gofyn,

'Ga i agor fy anrheg nawr?'

> **NGS I ELI**
> WEL?! BE???????

> **NGS I CHARLOTTE**
> LAPTOP N COSTIO £800!

> **NGS I ELI**
> WWWWW. JYST Y PETH I NEUD GWAITH CRTRE

Mae'r *laptop* yn plesio Dad a Mam hefyd. Rhyw ddiwrnod, maen nhw'n gobeithio y bydda i'n Brif Weinidog Cynulliad Cymru, neu'n astronot, neu'n llawfeddyg o leia. Does gen i ddim gobaith caneri gwneud 'run o'r pethe hyn heb gyfrifiadur.

Ry'n ni'n mynd i Gaerdydd i sglefrio iâ. Mae 'na ddisgo i bobl ifanc dan 18 oed bob nos Wener. Di-alcohol, wrth gwrs. Wel, 'chi'n gallu dychmygu ni'n cael mynd fel arall?!!! Gele Dad a Mam harten!

Mae Mam yn prynu dillad newydd i mi wisgo i'r disgo – jîns gyda gwreichion o dân yn y denim a T-shirt ffynci o siop Bananas yn y dre. Mae'n plethu fy ngwallt a'i addurno gyda chlipiau arian a glas.

Yn y car ar y daith i Gaerdydd rwy'n gyffro i gyd. Mae 'na acrobat yn fy mol yn neidio tin dros ben. Rwy'n eistedd yn y cefn gyda Charlotte yr holl ffordd. Rwy'n sylwi ei bod hi'n gwisgo colur – mae lliw glas ar ei haeliau a phowdwr ar ei bochau. Mae hi'n gwisgo lipstic pinc.

'Ga i fenthyg lipstic ti?' gofynnaf pan ry'n ni'n cyrraedd Caerfyrddin.

'Ma' Megan yn dweud bod rhannu lipstic yn *unhygenic*.'

Chwaer fawr Charlotte yw Megan.

Mae Charlotte yn hanner Ffrances a hanner Saesnes. Mae hi'n siarad pedair iaith i gyd, gan gynnwys Cymraeg.

'Pam nag wyt ti'n fwy o ffrindiau 'da Sara neu Beca?' gofynnodd Mam un noson. Ro'n ni ar ein ffordd adre o'r ysgol yn y 4x4. 'Maen nhw'n fwy dy deip di.'

'Be ti'n feddwl wrth 'ny?'

'Wel, maen nhw'n fwy o bobol "y Pethe".'

'Pa "bethe"?' meddaf i.

'Eli – ti'n gwbod yn iawn . . .'

'Mae Charlotte yn *sophisticated* a *cosmopolitan*,' meddaf i.

'Jiw, jiw. Wyt ti'n gwbod beth ma' *cosmopolitan* yn ei feddwl hyd yn o'd?' gofynna Mam.

Wrth gwrs, dw i ddim. Ond dw i ddim yn dweud hynny wrthi hi.

Mae'n brysur ar yr iâ ac mae'n anodd cael lle i roi eich llaw ar yr ochr yr holl ffordd rownd y rinc. O dro i dro, rwy'n gorfod gollwng fy ngafael yn gyfan gwbl a mentro ar fy mhen fy hun. Rwy mor sigledig â babi'n cerdded am y tro cynta.

Mae Charlotte yn wych. Mae hi'n troi a throelli a chwyrlïo a chylch-droi fel rhywun yn yr *Olympics*.

'Watsia dy hun,' meddai Sara. Mae hi'n gwisgo sgert sidan ddu sy'n codi a throi wrth iddi sglefrio. Rwy'n difaru gwisgo'r jîns. 'Cofia – ti sy'n cael dy ben-blwydd.'

Dw i ddim yn siŵr iawn beth mae hi'n ei feddwl. Rwy'n penderfynu ei bod hi'n eiddigeddus achos bod Charlotte yn cael y sylw i gyd. Does dim ots gen i bod Charlotte yn well sglefriwr na fi. Wir! Mae hi'n well na'r *Cardiff Devils*!

Nes 'mlaen, rwy'n gweld Charlotte yn giglo gyda chriw bach o fechgyn. Mae un ohonyn nhw'n gariad bach gyda gwallt brân-ddu, pigog fel draenog, a gwên ddrygionus. Rwy'n gwybod bod ganddo wên ddrygionus achos fe wenodd arna i'n gynharach. Fe wenais innau'n ôl.

Nawr, mae fy stumog yn cordeddu fel petai neidr yn dawnsio y tu mewn i mi.

'Nagw!'

'Wyt!'

'Nagw!' meddai Charlotte pan rwy'n ei herio hi am y peth. 'Allai ddim â help!'

'Dy fod ti'n fflyrtio gyda phob bachgen ti'n weld!' poeraf.

'Nage arna i ma'r bai bod y bechgyn i gyd yn fflyrtio 'da fi! *No offence* Eli, ond faint o brofiad sy 'da ti o ddynion?'

'Dipendo beth ti'n feddwl wrth "profiad",' atebaf yn syth. Hi yw fy ffrind, ond sut mae cyfadde'r gwir heb swnio'n pathetig?

'Dyw snogan posters Lustin Himberlake a Morlando Voom ddim yn cownto, ocê?'

'O'dd . . . o'dd y bachgen 'na yn Center Parcs llynedd . . .'

Mae hi'n codi ei haeliau nes eu bod bron â diflannu o dan ei ffrinj.

'A . . ?'

'A beth?'

'Un sboner mewn *thirteen years*. Mae'n hen bryd i ti ddechre go iawn.'

'Digon o amser . . .'

'Beta i ma' Dad wedodd 'ny. Swno fel rhwbeth fyse

13

fe'n weud. Bryd i ti shapo hi, gwdgirl – oni bai bod ti *moyn* bennu lan yn hen ferch sy heb ga'l secs! Erio'd!'

Rwy wedi bod yn teimlo fel brenhines yr iâ ar fy mhen-blwydd. Rwy'n bili pala sy ar fin torri mas o'r cocŵn. Ond nawr, diolch i dafod Charlotte, rwy'n teimlo mor fach ag un o'r fflwcs rhewllyd sy'n tasgu oddi ar fy sgidiau sglefrio.

Mae Miss Ballerina Iâ yn strytian a mynd amdani fel rhyw geiliog dandi. A beth sy'n digwydd? Mae'r Wên Ddrygionus a'i ffrindiau'n rhoi eu hegni i gyd i drio'i baglu. Ac mae'n amlwg i bawb pam maen nhw'n gwneud hynny. Maen nhw'n ei ffansïo hi! Wel, mae'n ffaith. Os yw bachgen yn eich pryfocio a chwarae whit-whew gyda chi o fore tan nos, mewn gwirionedd maen nhw mewn cariad â chi!

'Stopa hi! Ti'n sbwylo pen-blwydd fi!' meddaf.

Mae Sara'n nodio'i phen arnaf i ddweud 'da iawn'.

Mae Charlotte yn gynddeiriog mewn chwinc. Mae'n cochi hyd ei chlustiau ac mae hyd yn oed ei thrwyn smwt yn gwrido.

'Fi?' meddai dan weiddi. 'Ti'n neud 'ny dy hunan. Ti fel plentyn bach – dewis pwy sy'n ca'l iste 'da ti'n y car a neud i bawb ddilyn ti rownd yr iâ fel y blydi cwîn. Jyst achos bo ti'n ca'l dy ben-blwydd. Mo-oor blentynnaidd!'

A dyna pryd rwy'n poeri arni. Byddwn i wedi lico ei bwrw a rhoi bonclust fawr iddi fel yn stori Branwen. Ond trwy gornel fy llygaid rwy'n gallu gweld Mam. Wrth gwrs, dydy Charlotte ddim yn mynd i adael i mi gael getawê 'da hynny. Mae'n fy ngwthio'n galed ac rwy'n colli'r tamaid bach o falans oedd gen i a chwympo'n glatsh ar fy mhen-ôl. Yn y cefndir, rwy'n clywed lleisiau'n gweiddi, 'Ffeit, ffeit, ffeit!'

Ar ôl hynny, ry'n ni'n mynd adre. Rwy'n gwenu er gwaetha fy mhen-ôl tost. Mae pawb yn meddwl mai ar Charlotte mae'r bai ac maen nhw dros ben llestri o neis i mi. Mae hyd yn oed Mam yn trio gwneud yn iawn i mi am ddrygioni Charlotte.

'Ewn ni eto, cariad,' meddai Mam er 'mod i wedi gofyn iddi beidio fy ngalw i'n 'cariad' – na 'cariad cabatshen' nac 'Eli-weli' (peidiwch â gofyn) – o flaen fy ffrindiau. 'A falle, os byddi di'n dangos addewid, gallwn ni brynu dy sgêts dy hunan i ti.'

Ar y ffordd 'nôl, rwy'n eistedd gyda Sara. Mae Charlotte wedi gorfod mynd yn y car gyda mam Sara. Rwy'n meddwl am fy nillad newydd a'r plethau yn fy ngwallt. Yna, rwy'n meddwl am y bachgen â'r wên ddrwg. Drois i i edrych arno wrth i ni fynd. Wnaeth e ddim hyd yn oed pipo arna i.

Cyn mynd i'r gwely rwy'n cael tecst gan Charlotte.

NGS I ELI
GOBITHO BO FE WERTH E!

> **NGS I CHARLOTTE**
> BE?

> **NGS I ELI**
> Y LAPTOP – UN FFRDD O GADW
> T N TY!

> **NGS I CHARLOTTE**
> F DDIM N SWAPO I-BOOK M
> Y BYD!

> **NGS I ELI**
> DIM HYD N OD M SNOG 'DA LH?

Rwy'n gynddeiriog gyda hi o hyd. Ond pan rwy'n darllen hyn, mae gwên fach yn goglis fy ngwefus.

Pennod 2

Drannoeth, rwy'n darganfod bod y drwg yn dod gyda'r da. Y da yw'r *laptop* newydd a'r ffaith y bydda i'n gallu siarad am oriau ar y We – ond ddim gyda Charlotte, wrth gwrs. Dwi ddim wedi maddau'n llwyr iddi hi eto. Y drwg yw bod Dad yn treulio hanner awr yn rhoi gwers i mi ar sut mae defnyddio'r cyfrifiadur. Allech chi feddwl fy mod i heb weld un erioed o'r blaen!

Mae Dad yn athro ysgol gynradd, a *don't I know it*. Mae'n siarad â mi fel petai'n dysgu plentyn araf iawn i roi dau a dau at ei gilydd i wneud pedwar.

'Nawr 'te, dangos i mi sut wyt ti'n ei droi e 'mlaen . . .' meddai.

'So ti'n gwbod?' meddaf i.

'Wyt ti moyn defnyddio'r stafell siarad neu beidio?'

'Wrth gwrs bo fi.'

'Wel, dere 'mlaen te – gwasga'r botwm bach crwn 'na.'

'Be? Y botwm 'na sy'n dweud *On*?' meddaf yn ffug-ddiniwed.

Ocê rwy'n gor-ddweud. Dydy'r botwm ddim yn dweud *On* – ond man a man ei fod e. Dyna'r unig fotwm crwn ar y *laptop*! Dydy Dad ddim yn rhoi stŵr i mi am ei ateb yn ôl. Fel dwedais i, athro yw e. Felly, mae e'n gwbl gyfarwydd â phlant yn ei ateb yn ôl. Mae insylts ei blentyn ei hun yn golchi fel glaw oddi ar gefn hwyaden.

Rwy'n troi'r cyfrifiadur ymlaen gydag ochenaid fawr.

'Da iawn. Ddechreuwn ni gyda'r rheole . . .'

'Rheole?' gofynnaf. Rwy'n teimlo fel petai Dad wedi fy mwrw.

Rwy'n edrych ymlaen at gael y *laptop* achos bydda i'n cael tipyn bach o ryddid. Ond mae Dad yn mynnu hwpo'i big i mewn.

'Ie. Ma' isie defnyddio arfer da o'r dechre. Wy moyn i ti fod yn saff yn y byd rhyngweithiol.'

'Beth ddiawl ti'n meddwl sy'n mynd i ddigwydd i fi?'

'Iaith, Eli!'

'Sori. Ond seriys, Dad. Fydda i yn stafell wely fi!'

'Dwyt ti ddim yn mynd â *hwn* i dy stafell.'

'Ond wedes ti bod y We ar *wireless* a bod hynny'n meddwl gallen i ddefnyddio fe *unrhywle*.'

'Mewn egwyddor – ie. Rhwle ond dy stafell wely.'

'Wy'n dair ar ddeg.'

'Ti'n dal yn ferch i mi.'

Ac mae'n parablu 'mlaen fel pregethwr.

'Gei di ddefnyddio'r stafell siarad cyn belled â dy fod yn neud dy waith cartre gynta.'

'Ocê, Dad.'

18

'A ma' hyn yn bwysig iawn, felly wy'n gobeitho dy fod ti'n gwrando – dwyt ti ddim fod i roi dy enw, dy gyfeiriad, dy rif ffôn na dy gyfeiriad e-bost i neb. Ti'n clywed? Neb!'

'Ie, ie, Dad. Wy'n gwbod hyn i gyd –'

'Ac os wyt ti'n amau bod rhywun yn ymddwyn yn fygythiol tuag atat ti, wedyn ma'n rhaid i ti weud wrth Mam neu finne'n syth!'

'Fel bod yn jâl! Na, ma' hyn yn wa'th – ma' fe fel bod yn yr ysgol!'

'Yn syth, Eli.'

'Iawn, Dad. Iawn.'

Rwy'n cytuno er mwyn cael llonydd. Mae hynny'n gwneud Dad yn hapus ac mae'n gwenu a mynd pat-pat ar fy mhen gyda'i law a dweud, 'Merch dda, Eli.'

Rwy'n cytuno er mwyn plesio, achos pa ddewis sy 'da fi? Petawn i'n gwrthod fe fydden nhw'n mynd â'r *laptop* yn ôl. Ac mae 'na lygedyn o obaith. Gall hyd yn oed rhieni *paranoid* fel fy rhai i ddim fy ngwylio bob munud. Fyddan nhw ddim yn gwybod beth fydda i'n ei wneud go iawn. Bydd hynny'n agor y drws i mi.

Ond mae gwaeth i ddod cyn y galla i gamu 'mlaen. Yn ogystal â threulio hanner awr hir yn dangos i mi sut mae troi'r cyfrifiadur ymlaen, mae Dad yn mynnu dod gyda mi i'r stafell siarad am y tro cynta.

'Reit. Rown ni gynnig arni, ife? Beth yw dy enw defnyddiwr di?'

'Eh?'

'*User name,* Eli,' meddai gydag ochenaid fach.

'Britney. Pam ti moyn gwbod?'

Mae Dad yn ffeindio stafell siarad trwy ddefnyddio'r *search engine* – neu'r chwiliadur fel mae'n mynnu ei alw. Mae'n ffeindio stafell saff sy'n arbennig ar gyfer pobl ifanc. A jyst i wneud yn siŵr bod yna ddim hwyl o gwbl i'w gael yn y stafell, mae yna hyd yn oed berson yn monitro – hynny yw, yn gwylio beth ry'ch chi'n ei sgrifennu!

'Mae cofrestru'n rhwydd,' meddai Dad.

'Lwcus. Bydd hyd yn oed oedolyn yn deall 'te!'

Ry'n ni'n llenwi ffurflen ar y sgrin. Mae Dad yn teipio'r wybodaeth.

'Ga i deipio?' gofynnaf mewn llais merch fach, a phwyso fy mhen ar ei ysgwydd. Wel, mae'n gweithio'n ddi-ffael fel arfer.

'Amynedd, Eli,' meddai Dad gan symud clustog ei ysgwydd. Mae'r sgrin yn ei ddenu fel pryfyn at we pry cop.

Mae'n rhaid rhoi enw, cyfeiriad, enw defnyddiwr a *password*.

'Hen enw comon – Britney.'

'Beth ti'n awgrymu, 'te?'

'Wy wastod 'di meddwl bod Aloma yn enw bach pert.'

'Ti'n jocan!'

'Mae gen i gariad –' Mae'n dechrau canu ac mae ei lais yn crynu fel hen ŵr mewn côr pensiynwyr.

Mae'n debyg bod Tony ac Aloma yn ddeuawd Gymraeg 'boblogaidd' yn y saithdegau.

'Maen nhw'n rhedeg gwesty yn Blackpool erbyn hyn. Wy wastod 'di meddwl y bydden i'n lico mynd 'na,' meddai Dad yn mynd ar ôl sgwarnog.

'*Over my dead body.*'

'Reit, dewisa gyfrinair – neu *password* i ti ma'n siŵr.'

Fy nghyfrinair yw *****. Dw i ddim i fod i ddweud wrth neb. Dim hyd yn oed fy ffrind gorau. Mae'n gyfrinach gyfrinachol!

Nawr, fydda i'n gallu mynd mewn i'r stafell siarad unrhyw bryd trwy roi fy enw defnyddiwr a chyfrinair. Bob tro rwy'n 'siarad', bydd fy enw defnyddiwr yn ymddangos ar y sgrin.

Mae Dad yn teipio.

'Helô, *dudes*. Britney dw i. Shwt mae'n hongian?'

'Beth ti'n neud?' meddaf, a'm calon yn neidio i fy ngwddf. Rwy'n meddwl fy mod yn mynd i farw!

'Treial e mas ontefe,' meddai Dad.

'Ond fy enw *i* yw Britney!'

'Ie. Wy'n gwbod.'

'Ond sa i moyn i neb feddwl mai *ti* yw *fi*.'

'Pam?' meddai Dad. Dw i wir yn meddwl nad yw e'n deall.

'Achos fyddi di'n neud i fi swno fel *prat*!'

Mae gan Dad groen fel eliffant. Does dim ots beth rwy'n ei daflu ato, dydy e byth yn colli ei dymer.

21

'Paid â siarad dwli. Dwyt ti ddim yn gwrando ar blant yn siarad bob dydd heb ddysgu'r *lingo* ar y stryd, *dude*,' meddai yn yr acen Americanaidd waetha rwy erioed wedi'i chlywed.

*Britney	Hi ffrindiau. Britney ydw i. Dw i'n cwl. Pwy y'ch chi?
*Siwperted	Helo Britney.
*Waw-ffactor	Hi, Britney.
*Siwperted	Ble tn byw?

Mae Dad yn chwerthin, wrth ei fodd. Mae'n nodio'i ben unwaith fel petai i ddweud, 'fi oedd yn iawn'.

*Britney	Mae Dad wedi dweud wrtha i am beidio dweud ble dw i'n byw. Mae e'n beryglus. Dy'ch chi ddim yn gwybod pwy sy'n siarad a chi ar y We.

'Wy'n tynnu 'nôl beth wedes i. So ti'n neud i fi swno fel *prat*. Ti'n neud i fi swno fel oedolyn – sy'n wa'th!' meddaf.

'Beth sy'n bod 'not ti? Ma' hyn yn hwyl.'

*Siwperted	T-ta, Britney. Tn waith CALED.
*Waw-ffactor	Cymra chill pill, Britney.

'*Chill pill?*' gofynna Dad i mi mewn penbleth a dechrau teipio'n ffyrnig.

---

*Britney   Dw i ddim yn cefnogi cymryd cyffuriau. Mae cyffuriau'n LLADD. Gallech chi FARW. Neu waeth – mynd i'r carchar am weddill eich bywyd!!!!!

Rwy'n gwneud addewid yn y fan a'r lle. Rwy'n mynd i newid fy enw defnyddiwr AR UNWAITH. Fydden i ddim eisiau i neb feddwl mai fi yw'r *loser* yma!

'So fe fel 'sen i'n cerdded y strydo'dd,' meddaf.

'Odi fe'n *wrong* i fecso am 'y nghroten fach i?'

'Fydda i gartre fan hyn 'da ti a Mam.'

Mae'r crych bach yn ei dalcen yn sythu. Yn wir, mae cyhyrau ei wyneb i gyd yn meddalu. Ac mae'n gwenu, 'Merch dda, Eli.'

Cyfle cynta rwy'n ei gael rwy'n defnyddio'r chwiliadur i ddod o hyd i stafell siarad arall ar y We – a hynny heb Dad na Mam yn gysgodion uwch fy mhen. Mae Mam adre erbyn hyn. Mae hi'n arllwys gwydraid o win ac yna'n cynhesu gweddillion swper neithiwr yn y meicro-don.

Rwy'n cofrestru a newid fy enw defnyddiwr i "Bêb". Mae'n fy siwto. Rwy'n dipyn o bishyn yn fy marn i! A chan nad oes neb yn gallu fy ngweld ar y We, fyddan nhw'n ffaelu profi fel arall!

*Bêb	Helo.
*Batman	Wotz Bêb???
*Bêb	Itz Welsh 4 Babe.
*Batman	U Welsh then boyo?
*Bêb	Quick off the mark u English . . .
*MR2	I go to Wales for holidays every year. U anywhere near Rhyl?
*Bêb	No. West Wales.
*Batman	Is your surname Jones? Ha, ha.
*Bêb	Is yours and Robin? Pilchard!
*Batman	Pilchard?!
*Bêb	Pilchard???!!!
*MR2	Thatz Big Brother for u. If u hurl insults/ swear/ talk about sex or all of above they edit/ delete your words.
*Bêb	Bom.
*MR2	Plucking right. Wotz your bra size?
*Bêb	Wotz yours?
*Monitor	Final warning MR2.
*MR2	Srry.

Mae MR2 wedi gadael y stafell

*Batman	You can take the girl out of the valleys . . .
*Bêb	Not valleys. Never mind.
*Sam	D u speak Welsh?
*Bêb	Dont u start, stanker.
*Sam	Fn siarad Cymrag.
*Bêb	O. Sri. Sri m alw tn stanker.
*Sam	Ma n OK. Ffyni gweud gwir. Tn newydd?

*Bêb	Odw.
*Sam	Fn cofio tro 1af f. On in nerfys – nerfys y cawl!
*Bêb	??? Nerfys y ca- o, ja-! Fn deall! Ha, ha.
*Sam	Ie, ha, ha. W tn nerfys?
*Bêb	Na.
*Sam	Da iawn t! Tn fenyw hyderus te.
*Bêb	Hyderus iawn!
*Batman	U talking Chinese?
*Sam	Pam t ma hno?
*Batman	Ill have a no. 54.
*Sam	No. 54 is off – pluck off. Take a hint bat boy.
*Batman	Already gone. Samantha.
*Sam	Thatz a new one. Not!
	Mae Batman wedi gadael y stafell
*Sam	Sri. Be wedes di Bêb? Pam t ma?
*Bêb	Pen-bldd f. Laptop n anrheg.
*Sam	Pen-bldd Hps. Pa mor hen w t?
*Bêb	13.
*Sam	HEN iawn!
*Bêb	Ie!
*Sam	.
*Bêb	Pa mor hen w t?
*Sam	Hen iawn IAWN!
*Bêb	Faint?!
*Sam	14!
*Bêb	HEEEEN!
*Sam	Tn hoffi laptop?

25

*Bêb	Odw. OND Dad n dangos sut ma n gweitho. Dad n PARANOID!
*Sam	Pwr dab. Ydy Dad yno nawr?
*Bêb	Na.
*Sam	Dlch byth ie?!
*Bêb	Ie!
*Sam	Beth yw enw t?
*Bêb	Bêb.
*Sam	Na. Beth yw enw iawn t?
*Bêb	Yyy . . .
*Sam	Sgen t rwbth i guddio? Ydy'r heddlu ar ol t? !!! W tn lofrudd cyfres. Serial killer !!! ;->
*Bêb	Na! Ha ha :D
*Sam	Pam te? . . . O. Dad ife?
*Bêb	. . . Ie.
*Sam	Paid siarad a dynon dieithr!!! Ha!!!!!
*Bêb	Ie, 'na ti. Ha ha.
*Sam	Pam tn siarad a f te?
*Bêb	Tn OK.
*Sam	Tn OK fyd . . . Tn well na OK Tn neis – a ffyni. :]
*Bêb	Dlch.
*Sam	Pleser. F ddim n lofrudd t'mod! Samuel w i. Sam i ffrndie f.
*Bêb	Helo Sam.
*Sam	Sgn t enw minging?! Hilda . . . Gwenhwyfar . . . Myfanwy!!!
*Bêb	Na. Stiwpid. Ha, ha.
*Sam	Myfanwy! Myfanwy! Sut w t hno?!!!

*Bêb	Dim Myfanwy!
*Sam	Be arall te? Rhydderchwy?!
*Bêb	Ha, ha. Sam. Eli w i.
*Sam	Eli n enw pert. Pert iawn iawn
	:) . . .

Y noson honno rwy'n cael trafferth mynd i gysgu. Rwy'n meddwl am Sam o hyd. Sam fy ffrind newydd. Sam sy'n gwneud i mi chwerthin . . . sy'n meddwl bod Eli'n enw pert iawn . . . sy'n dweud 'mod i'n ocê . . . yn well nag ocê . . . Mae'n dweud fy mod i'n neis! Mae e'n gweld yr un peth â mi yn nrych y sgrin cyfrifiadur.

Rwy'n troi a throsi, fy mhen yn llawn breuddwydion. Sut un yw Sam? Ydy e'n olygus – neu'n salw fel pechod? Ydy e'n dal ac yn dew? Ydy e'n denau ac yn fyr? Ble mae e'n byw?

Petawn i'n dweud wrthyn nhw, byddai'r merched yn meddwl fy mod i'n *soft*. Ond rwy'n ffaelu stopio fy hun rhag dychmygu.

A fyddwn ni'n cyfarfod un diwrnod ac yn cwympo dros ein pennau a'n clustiau mewn cariad ac yn byw'n hapus am byth? Byddai hynny'n rhoi rhywbeth i chi feddwl amdano, Charlotte, Sara a Beca!

Galla i weld Sam a fi yn cerdded trwy'r dre ar bnawn Sadwrn. Ry'n ni'n cyfarfod y lleill ar y stryd fawr. Mae Sam yn rhoi ei holl sylw i mi ac rwy'n dweud 'helô' wrth i ni fynd heibio. Maen nhw'u tair yn edrych ar fy ôl yn eiddigeddus. Pan mae pelydrau'r haul yn pipo trwy'r llenni ac yn fy nihuno rwy'n siŵr fy mod i heb gysgu winc. Yna, rwy'n meddwl am ei eiriau ola.

*Sam	Run lle? Run amsr? Nos fory?
*Eli	Ble tn cal chat-up lines t – llfr dêts Datcu?!!!
*Sam	Fn chato t lan te?
*Eli	W t? Ha ha.
*Sam	Dere nos fory + cei wld!

Pennod 3

Drannoeth, mae stwff cawl potsh yr ysgol yn mynd mewn trwy un glust ac yn syth mas trwy'r llall – Henri'r VIII – mae'r-Cymru'n-ei-alw'n-Hari . . . Branwen yn garcharor mewn gwlad ddieithr yn y Mabinogi . . . Moleciwlau Cymhleth . . . a Phob Peth Diflas Arall.

Dwi ddim yn deall y peth. Prin y gallwn i ddweud fy mod yn nabod Sam. Ond mae hynny'n gwneud i mi flysio amdano'n fwy byth.

NGS I ELI
GES PWY FN FFANSIO

Dwbl Maths gyda Mr "Un Goes" Tomos. Mae Charlotte a mi mewn stafelloedd gwahanol. Mae hi yn y dosbarth disglair Maths a rwy i yn nosbarth y twpsod! Dydy hynny ddim yn ein stopio rhag siarad tecsts.

Wrth gwrs, mae mobeils wedi eu gwahardd o wersi. Ond sdim ots am hynny. Ry'n ni'n rhoi ein ffôns ar *vibrate* ar ein gliniau, rhoi llyfr gwaith ar eu pennau ac edrych yn brysur. Does gan yr athrawon mo'r syniad lleia be sy'n mynd 'mlaen.

NGS I CHARLOTTE
PWY TN FFANSIO? MR TOMOS?
!!! :D

Mae Charlotte a finnau'n ffrindiau eto erbyn hyn. Wel, ro'n i wedi blino ar ddilyn Sara a Beca rownd yr ysgol fel ci bach. Sôn am ddwy bysen . . . maen nhw'n chwerthin ar yr un pethau a gwgu ar yr un pethau. Weithiau, does dim rhaid iddyn nhw ddweud dim – maen nhw jyst yn edrych ar ei gilydd a chwympo yn eu dyblau. Ar ôl sbel roedd e'n boring.

NGS I ELI
MA I GOS N 80!!!! YCH!!! GESA TO.
CLIW. MA FEN LYSH!

Nawr, rw'n ysu am gael gwybod. Fi oedd yn ffansïo Ali Sibley. Dydy'r ffaith bod gen i Sam erbyn hyn – heb yn wybod i Charlotte – ddim yn golygu fy mod i'n fodlon iddi HI gael ei bachau ar Ali.

NGS I CHARLOTTE
DIM ALI SIBLEY GOBITHO!

NGS I ELI
ALI?!!! YCH NAGE !!!

Rwy'n ochneidio'n uchel ac yn dod o fewn trwch
blewyn asyn i dynnu sylw Tomos Un Goes.

NGS I CHARLOTTE
PWY?

NGS I ELI
IWAN ASHLEY

NGS I CHARLOTTE
IWAN CLUST???!

NGS I ELI
DIM N BOD R CLUST!!!

NGS I CHARLOTTE
MA N FWY NA CLUST ARALL! :) :) :)

NGS I ELI
FN LICO CLUST E

NGS I CHARLOTTE
PA UN? UN BACH NEU UN MAWR?!!!

NGS I ELI
T DIM N PC IAWN. PWY TN
FFANSIO TE?

Rwy'n croesi fy mysedd a theipio. Tipyn o gamp,
rwy'n dweud 'thoch chi!

NGS I CHARLOTTE
NEB

Ry'n ni'n ffrindiau. Ond os y'ch chi'n gallu rhoi
cyllell yng nghefn eich ffrind ar ddiwrnod eu pen-
blwydd . . . wel!

NGS I ELI
NEB O GWBL!!!

NGS I CHARLOTTE
NEB N YSGL!

Rwy wedi dweud gormod. Ond dw i ddim yn gallu
helpu fy hun.

NGS I ELI
PWY?!!!!!!!!!

Rwy'n dychmygu Charlotte ar bigau'r drain. Rwy'n gwenu llond fy wyneb. Dydy'r wên ddim yn para'n hir.

Mae'n bwrw glaw amser brêc. Glaw mân yw e, ac felly mae'r *prefects* yn dal i feddwl y dylen ni fod allan. Mae Charlotte a finnau'n llwyddo i sleifio fewn i'r stafell wyddoniaeth tra bod dwy *prefect* fronnog yn rhoi stŵr i hwligans Blwyddyn 11.

Mae Iwan Clust ac Ali Sibley yno eisoes.

'*Do you* come *hear often?*' gofynna Ali.

Rwy'n clywed y pwyslais yn iawn.

'Blydi hel, ma' honna'n hen!' meddai Charlotte fel siot.

'Do'n i'm yn siarad â ti,' ateba Ali.

Rwy'n edrych lan a dal ei lygaid. Rwy'n cuddio o dan fy ffrinj eto'n gloi.

'Fysen i'n siarad â ti trw'r dydd a thrw'r nos,' meddai Clust wrth Charlotte ac mae hi'n giglo'n *pathetic*!

'Wel?' meddai Ali wrthyf i. 'Wyt ti?'

Yn fy mhen rwy'n meddwl – dyma dy gyfle di. Huda fe gyda dy bersonoliaeth ddisglair. Rwy'n dal i drio ffeindio fy mhersonoliaeth ddisglair pan glywaf lais garw Clust,

'Ti'm yn ffansïo Eli-ointment?!' Mae e'n rhuo chwerthin dros y lle i gyd. 'Be ti'n mynd i neud – cynnig dangos dy *bunsen burner* iddi?!'

Rwy'n disgwyl i Charlotte ei ateb yn ôl. Ond mae hi'n gwenu hefyd ac yn taenu ei hun drosto fel siôl.

Rwy'n disgwyl i Ali wadu nawr. Wedi'r cwbl, pwy fyddai'n fy ffansïo i? Ond mae e'n closio ataf ac yn rhoi ei fraich amdanaf. Rwy'n rhewi fel cath yn gweld ci. Rwy'n trio gwenu ond mae'r cyhyrau o gwmpas fy ngheg yn brifo. Yna, mewn chwinc, mae Ali yn symud ei fraich.

'Paid bod yn stiwpid!' meddai a chwerthin yn uwch hyd yn oed na Clust.

Rwy'n cael stŵr gan Charlotte yn y ciw cinio.

'Ma'n oreit i ti,' arthiaf yn ôl yn bwdlyd. 'Ti'n glefyr, ti'n ffyni, ti'n boblogedd – a ma' bronne 'da ti! Gallet ti ga'l unrhyw ddyn ti moyn.'

'Gan gownto Lustin Himberlake?'

'Hei. Dyn fi yw Lustin!'

'Ife 'na pam ti'n pallu gweud 'tha i pwy yw'r boi 'ma ti'n ffansïo? Ti ofn?'

'Na. Wrth gwrs ddim.'

Mae Charlotte yn plygu'i breichiau.

'Ma' isie i ti fod yn fwy hyderus ambytu ti dy hunan. Nage *looks* yw popeth,' meddai.

'Ma' dynion yn lico merched tene 'da tits mowr. Ffaith,' meddaf i.

'Wel 'se hynna'n wir, byse'r rhan fwya o bobol y byd yn sengl.'

Mae Charlotte yn gweld y Clust yn mynd heibio. Mae e ar ei ben ei hun, diolch byth. Mae hi'n cydio ynddo yn llythrennol. Sdim gobaith 'da'r boi bach.

'Paid, Charlotte. *Embarrasing*!' hisiaf. Mae Charlotte fel ci ag asgwrn.

'Paid bod yn sili . . . Shwt sort o ferch 'yt ti moyn yn wejen?' gofynna i Clust. Mae llygaid y Clust yn agor yn fawr fel soseri. Mae'n credu bod Charlotte yn cynnig ei hun.

'Sai'n gwbod. Dipendo ar y ferch.'

Mae Charlotte yn amneidio arnaf â'i llygaid. Mae'n edrych yn hunanbwysig iawn.

'Pa un o'r ddwy 'ma fyset ti'n ddewis? Melinda Messenger neu Siân Lloyd?' gofynnaf i Clust.

'Ffwoar! Melinda Messenger.'

'Achos bod hi'n aelod o Mensa neu achos bod hi'n gwisgo bra *triple F*?'

'Wel . . .'

Ond mae Charlotte yn gollwr gwael. Mae'n dal ei gafael yn yr asgwrn.

'Melinda Messenger neu Courtney Cox?' gofynna.

''Mbo. Ma' Cox yn yffach o bishyn.'

'Charlotte neu fi?' gofynnaf.

'Mmm . . .'

35

'Dere 'mlaen!' Rwy'n ddiamynedd.

'Wel, Charlotte 'te.'

'Pam?'

'Mae hi'n ffit.'

'*I rest my case.*'

Rwy'n ennill y dydd am unwaith. Ond mae yna wacter yn fy stumog sydd ddim yn cael ei lenwi gan yr *hot dog* a chips.

NGS I ELI
MMM. IWAN HOHOHOHO

NGS I CHARLOTTE
??? IWAN N MINGING!!!

NGS I ELI
O LEIA IWAN N DDYN GO IAWN –
DIM LLUN R MTV!

Hyd yn oed petawn i eisiau, fyddwn i ddim yn GALLU dweud llawer wrth Charlotte am Sam. Sam Rhywbeth o Rywle Rywle – dyna'r oll oedd gen i i'w ddweud!

Yna, mae'n fy nghlwyfo fel bwled o wn. Beth os na fydd e yno heno? Byddai chwilio amdano ar y Rhyngrwyd fel ffeindio un gronyn o dywod ar draeth hir. Petai person ddim eisiau i neb ei ffeindio, gallai guddio fel gwreichionyn yng nghanol y *gigabytes* am byth. Gallwn jyst ddychmygu rhoi 'Sam' yn yr injan chwilio a gweld y cannoedd ar filoedd o hits!

Cyfraf i ddeg i dawelu fy nghhynnwrf. Roedd 'na bethau y gallen i eu gwneud i gael y cyfle gorau posib i'w gyfarfod. Gallwn i fynd i'r stafell sgwrsio, ar yr amser penodedig. Os oedd e am fy nghyfarfod, wel, siawns y byddai yntau yno hefyd. Ac os nad oedd e . . ? Trwy'r dydd, ni allwn fyw yn fy nghhroen yn aros am wyth o'r gloch i ddod.

| *Bêb | Hlo. |

Blydi hel.

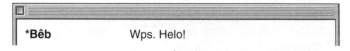

| *Bêb | Wps. Helo! |

Mae fy nwylo'n crynu gormod i sgwennu. Rwy'n chwysu hefyd. Rhwng popeth rwy'n falch bod neb yn gallu fy ngweld! Rwy'n cau fy llygaid ac yn gwneud dymuniad pen-blwydd hwyr. Plîs, plîs, plîs Sam bydda yno. Yna, rwy'n agor fy llygaid a darllen y sgrifen ar y sgrin.

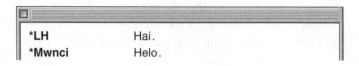

| *LH | Hai. |
| *Mwnci | Helo. |

Mae'r gwacter tu mewn yn agor fel ceg fawr. Dau ateb. Ond dim Sam.

*LH	Sut w t?
*Mwnci	Cwl.
*Bêb	Poenus.
*LH	Pam poenus?

Ydw i'n mynd amdani neu beidio? Yna, rwy'n cofio am y fenyw hyderus roedd Sam yn ei gweld neithiwr. Rwy'n mentro.

*Mwnci	T 'di cymryd rhwbth ir boen?!
*Bêb	Fn chwilio m ffrnd.
*Mwnci	Fn ffrnd i t :]
*Bêb	Na. Ffrnd gwrddes i neithwr.
*Mwnci	Fn ffrnd i t .
*LH	Pwy yw ffrnd? Be yw enw e/hi?
*Bêb	Sam.
*Mwnci	Pam Sam? Sam Spam?!!!
*Bêb	Dim n gwbd. Ni siarad ma.
*Mwnci	We n lle MAWR Bêb .
*Bêb	Fn gwbd!
*LH	Cau ceg t mwnci!
*Mwnci	Wwwww. Sensitif!
*LH	Bêb, tn lico Sam?
*Bêb	Odw. Sad.
*LH	Na. Dim Sad. Fn nabod Sam.

Mae ias drydanol yn saethu trwy fy nghorff.

*Bêb	W ?!!! Sut?!!!!!!!
*LH	F yw Sam.
*Bêb	Na. LH w t.
*LH	Ie. LH. Lustin Himberlake. Fn lico newid enw.
*Bêb	W tn dweud gwir?
*LH	Ydw. Fn dweud gwir, Eli.

Sam! Mae'n rhaid mai Sam yw hwn! Sut arall fyddai e'n gwybod fy enw?

*Mwnci:	Eli? Ha, ha! Eli n dda i boen!
*LH	Tn boen. Tn boen tin! Dere Eli. F ddim n siarad 'da mwncis. Dere i stafell breifet.
*Bêb	F ddim n gwbd sut???
*LH	Paid poeni. Ma n hawdd. Dilyn f :] . . .
	Mae LH wedi gadael y stafell
	Mae Bêb wedi gadael y stafell
*Mwnci	Beth ddwedes i?!
Stafell breifet	*Mae LH wedi dod mewn i'r stafell*
	Mae Bêb wedi dod mewn i'r stafell
*Eli	T 'di clywed sengl newy Lustin?
*Sam	Lustin???

*Eli	Himberlake! Tn gwbd? LH?!
*Sam	Aaah, ie! LH!
*Eli	Wel?
*Sam	O. Naddo. Da?
*Eli	Ody. Cwl. Pwy tn lico?
*Sam	Fn lico t! :)
*Eli	R wahan i f! :)
*Sam	Fn lico popeth. Dawns. Pop. Gangster rap.
*Eli	Cwl. Tn lico Eminem?
*Sam	Ie-e. F 'di gwld en fyw!
*Eli	WAW!!! Dwlen i wld en canu n FYW!!!
*Sam	Beth stopo t?
*Eli	Hy. Dad a Mam.
*Sam	Pam? T ddim n blentyn bch. Tn 13.
*Eli	Fn gwbd. MOOOR rhwystredig! Ffaelu aros nes fn 16!
*Sam	Af i a t i wld e.
*Eli	Eminem?
*Sam	Ie.
*Eli	Waw! Pryd?!
*Sam	Pan nabod tn well. Cofia Dad a Mam.
*Eli	Cwl.
*Sam	Eli, f MOOOR hapus t ma hno.
*Eli	A f.
*Sam	Ma 'da f gyffes.
*Eli	Be?
*Sam	Tn addo peido chwerthin.
*Eli	Cris cros.
*Sam	F 'di bod n mddwl m t trwww'r dydd.

*Eli	Dofe?
*Sam	Do.
*Eli	Gesa be?
*Sam	.
*Eli	F 'di bod n mddwl m t fyd .
*Sam	Rhaid i ni gwrdd. Fn byw n Aber. Tn byw n bell?

Roedden ni'n sgwrsio fel hen ffrindiau. A minnau wrth y bwrdd bwyd ro'n i hefyd o fewn tafliad carreg i Dad a Mam. Ond er eu bod nhw'n pipo draw bob hyn a hyn ro'n i'n cael llonydd ganddyn nhw. Gwyrth.

Doedd dim rheswm iddyn nhw boeni. Roedd Sam yn fachgen, oedd, ond ro'n i'n nabod llwyth o fechgyn pedair ar ddeg oed. Roedd Sam yn well na'r bechgyn pedair ar ddeg oed ro'n i'n eu nabod. Yr unig ddiddordebau oedd ganddyn nhw oedd pêl-droed a thorri gwynt! Roedd Sam yn fwy aeddfed. Roedd e'n sbort, roedd e'n garedig. Roedd e fel petai'n gwybod yr union beth i'w ddweud bob tro i godi gwên. A doedd dim ots o gwbl 'mod i heb ei weld. Ro'n i wedi creu wyneb a chorff iddo yn fy mreuddwydion. I mi, roedd e'n GORJYS. Roedd e'n fwy na gorjys. Roedd e'n BERFFAITH.

Ro'n i'n rhannu popeth gydag e. Ac roedd e'n rhoi teimlad cynnes tu mewn i mi wybod bod Dad a Mam, Charlotte, Sara a Beca yn gwybod dim amdano.

41

Pennod 4

Roedd nabod Sam yn well na chloc larwm. Saith o'r gloch bob bore fe fyddai fy llygaid yn agor mewn eiliad fel llygaid dol. Yr eiliad nesa fe fyddwn yn cofio amdano a byddai fy nghalon yn llamu. Fe fyddwn yn meddwl amdano yn ei wely cynnes. Sgwn i a oedd e'n meddwl amdana i?

Roedd e'n fy neall yn well na neb. Roedd e fel petai e'n gallu darllen fy meddwl. Cyn hir, roedden ni'n sgwrsio bob dydd. Roedd hi'n ymdrech fawr i aros tan wyth o'r gloch bob nos i siarad ag e.

Mae Mam yn cael pwl dwl o fwyta'n iach. Mae popeth ar ei rhestr siopa yn ffres, yn organig ac yn ddi-lwten. Mae'n prynu pobwr bara – sydd heb fod allan o'r bocs ers y penwythnos cynta – a blendiwr drudfawr sydd prin wedi bod yn segur.

Rwy'n cefnogi Mam yn ei hymdrechion i fod yn iach. Ond dwi ddim yn cefnogi'r ffordd mae'n tynnu Dad a finnau i mewn i'w chawl dihalen.

Gyda'r nos, ry'n ni'n diodde'r sŵp berwr dŵr a'r salad ffa alfalfa a'r *smoothie* bitrwt, a stwffio stwnsh amser cinio.

Mae rat-tat-tat y blendiwr fel peiriant saethu.

Rwy'n amneidio ar Mam gydag edrychiad sy'n dweud 'Cau hi nawr!'

'Dwy funed, Eli-Weli,' meddai a chynnig hanner moronen i Dad ei chnoi.

'Mam. Rwy'n dair ar ddeg oed!'

'Wyt, cariad. Ody hi'n iawn i dy alw di'n cariad o hyd?'

Mae Sam yn aros am ymateb. Rwy'n teipio'n wyllt.

*Eli	Rhieni!!!!!!
*Sam	Tell me about it!!!!!
*Eli	Sda t trw'r nos?!!!!!
*Sam	T dal n staf fyta te. Anlwcus.

'Reit, Eli. Ma' Dad angen y ford.'

'Ma'r ddau 'non ni'n byta.'

'Ie, ond ti sy'n gosod y ford.'

Mae llygaid Dad yn troi'n gyllyll miniog. Ond mae Mam eisoes wedi troi ei chefn.

'So hi'n bryd i ti orffen dy waith ysgol am heno?'

Anhygoel! Ac wrth athro a chwbl!

'Dim wrth ei gwaith ma' hi, Wil. Siarad ar y We,' meddai Mam, y sarff gudd, wrth godi gwenwyn brown i bowlenni.

'So ti'n siarad digon 'da Sara a Beca yn ysgol trw'r dydd?' gofynna Dad.

'Charlotte yw'r ffrind gore dyddie hyn,' meddai Mam.

'O,' meddai Dad.

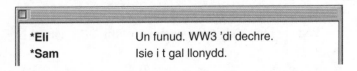

| *Eli | Un funud. WW3 'di dechre. |
| *Sam | Isie i t gal llonydd. |

Rwy'n cau caead y *laptop*.

'So ni'n ca'l amser i siarad yn yr ysgol – ni'n rhy fishi'n neud gwaith a cha'l gwersi a phethe bach fel'na,' meddaf.

Mae Dad yn gosod dau fat a dwy lwy ar y bwrdd. Rwy wedi bwyta'n barod.

'Gad y groten i fod, Wil,' meddai Mam. 'O'n i 'run peth yn 'i hoedran hi – siarad ar y ffôn bob awr.'

'Wahanol i fi 'te,' meddai Dad.

'Falle bod mwy o ffrindie 'da fi.'

'Ma' hynny'n saff i ti.'

Maen nhw'n gwgu ar ei gilydd. Dw i ddim yn deall y cweryl.

'Wy'n treial sgwennu ysgrif. Y pwnc yw – "rhieni". Rhoddaf y *laptop* dan fy nghesail. 'Wy'n mynd lan – i ga'l llonydd.'

'Dim ar y We gobeitho,' meddai Dad yn fygythiol. Does dim ofn ganddo fod o dan y lach yn yr ysgrif.

'Mae'n gweithio'n ddigon caled,' meddai Mam gan chwythu ar y cawl.

'Hanner awr,' meddai Dad yn chwarae â'i lwy. 'Fydda i lan 'na ac yn dadgysylltu'r rhwydwaith fy hun.'

'Dadgysylltu'r rhwyd–? Da-ad! Pa o's ti'n byw ynddi hi? Ma' *broadband* 'da ni!'

Ac mae Dad yn gwenu wrth i mi fynd.

*Sam	Sut odd ysgl?
*Eli	Zzzzz! Lotty n mnd mas 'da Clust – mnd mlân a mlân!!
*Sam	Pwy tn mnd mas 'da?
*Eli	Neb. Sad!
*Sam	Dim n sad! Pwy tn ffansïo te?
*Eli	On i ffansïo bachgn ma ond f ddim nawr. Neb nawr.
*Sam	NEB? :0
*Eli	Neb n ysgl.
*Sam	Sda tm criad?
*Eli	Na.
*Sam	NA?!!! Anhygol!!!
*Eli	Pam?
*Sam	Fn mddwl bchgn n ciwio i fnd mas 'da T.
*Eli	Sdim byd r-bennig m f.
*Sam	Os. Tn r-bennig IAWN! Tn fywiog, tn garedig, tn hwyl, tn ddiddorol ayb ayb.
*Eli	Caria mlân!
*Sam	Tn LYFLI!
*Eli	Ahhhh! T MOR neis! Be m t?
*Sam	Odd 'da f griad.

45

*Eli	Na – ysgl on in fddwl sili. Sut odd ysgl?
*Sam	Zzzzz!
*Eli	Xactly! . . . A be m criad?
*Sam	F ddim n lico hi rhagor. Fn lico T <3

'Ble o'ch chi'ch dwy neithwr?' meddai Charlotte gan syllu'n gyhuddgar ar Beca a minnau.

Mae hi'n amser brêc ac ry'n ni wedi bachu'r *radiator* yn y neuadd. Dydy hi ddim yn bwrw glaw, ond mae Megan, chwaer Charlotte, ar ddyletswydd ac ry'n ni'n cael triniaeth arbennig – ac, fel canlyniad, yn gorfod rhoi'r lle cynhesa i Lotty.

'Compiwter dal yn y siop,' meddai Beca'n drist. '*Virus* neu rwbeth. Wy'n goffod neud gwaith fi i gyd ar bapur – *such a pain*!'

'A beth ambytu ti? Do's bosib bod y *laptop* newy 'na 'di torri'n barod?'

'Gweitho'n grêt,' meddaf gyda gwên hunanfodlon.

'Pam o't ti ddim ar *Hot Chat* neithwr 'te – o'n i 'na a ma' *boyfriend* 'da fi a popeth!'

'Goffes i helpu Mam. O'dd *visitors* 'da ni.'

Mae Charlotte yn tynnu *vaseline* o'i phoced a'i rwbio ar ei gwefus.

'Rhaid dy fod ti 'di gneud ffrindia erbyn hyn?' meddai Sara'n pysgota.

'Do, wrth gwrs,' meddaf yn glou.

'Gens neu hogia?' gofynna gan ddal i dyrchu.

'Y ddou,' atebaf a theimlo fy mochau'n cynhesu.

Mae Charlotte yn codi'i haeliau. 'Bydd raid i ti roi'r cyfeiriad i fi – i fi ga'l gweud 'thyn nhw shwt ffrind 'yt ti!' meddai a chau'r caead.

Mae dŵr yn tasgu i'm llygaid – awel o'r drws, efallai, achos daw Megan i mewn.

'Well i chi symud. Ma' Miss Pritchard ar ei ffordd,' meddai wrth Charlotte. Yna, mae'n troi ata i. 'Ti 'di plycio dy aeliau.'

Rwy'n nodio fy mhen yn falch.

'O'n i'n meddwl dy fod ti'n edrych yn wahanol.'

Do'n i ddim yn teimlo c'wilydd o Sam. Dim dyna oedd y rheswm do'n i ddim wedi dweud wrth Charlotte amdano. Roedd rhai pobl yn gwneud ffrindiau newydd yn yr ysgol neu yn yr Urdd neu ddisgo. Ro'n i wedi gwneud ffrind ar y We.

Roedd ein cyfeillgarwch ni fel unrhyw gyfeillgarwch arall. Ro'n ni'n siarad â'n gilydd am bopeth dan haul. Do'n ni ddim yn gweld ein gilydd. Dyna i gyd.

Roedd hynny'n gwneud pethau tipyn haws. Ro'n i'n gyfarwydd â chael fy anwybyddu achos fy mod i'n rhy dal . . . achos bod fy mronnau'n rhy fach . . . achos bod fy ngwallt yn rhy syth.

Ro'n i'n lico meddwl amdanon ni fel pâr modern iawn. Doedd Sam ddim yn fy marnu i ar sut o'n i'n edrych a do'n i ddim yn ei farnu e. Gallai e ddim galw *'tiny tits'* arna i fel y Clust. Gallwn guddio tu ôl i ddrych y sgrin. A doedd dim yn bod ar hynny. Roedd gan bobl ffrindiau '*penpal*' ers canrifoedd.

Roedd yr holl beth yn gyffrous iawn. Na, roedd dod i'w nabod yn well na chyffrous. Ac roedd e'n fwy cyffrous byth i wybod mai dyma fy nghyfrinach fach i.

*Eli	'Da f broblem!
*Sam	Beth?!!!
*Eli	Rhaid i f fnd n gynnar. Ffrndie erill isie f mewn stafell arall.
*Sam	Ond f yw ffrnd t :(!
*Eli	;(T yw ffrnd gore f! Ond rhaid mnd neu mrchd n grrrrrac!!!
*Sam	OK.
	.
*Eli	Tn iawn?
*Sam	'Da f broblem . . .
*Eli	Be?
*Sam	Hmmm . . . :(
*Eli	BETH?
*Sam	.
*Eli	Tn gallu dweud tho f.
*Sam	T ddim n deall.
*Eli	Fn trio deall?
*Sam	Na.
*Eli	Plis???
*Sam	.
*Eli	PLIS!
*Sam	.
*Eli	Sam. T 'na?

*Sam	.
*Eli	Be SY?
*Sam	Tn cofio tro 1af ni siarad?
*Eli	Ie . . .
*Sam	Tn nerfys tro 1af?
*Eli	Ie . . .
*Sam	Wel . . . Fn nerfys hno .
*Eli	Pam?
*Sam	Ma 'da f rhwbth dweud tho t.
*Eli	?
*Sam	Cyfrinach.
*Eli	???
*Eli	Ydy en wael?
*Sam	Na.
*Eli	Cyffrous!
*Sam	Dylai f dweud n gynt.
*Eli	Dweud NAWR!
*Sam	Falle t ddim n lico f .
*Eli	Fn lico t ;(
*Sam	Falle tn grac.
*Eli	F ddim n grac.
*Sam	.
*Eli	Sam? F ddim YN grac!
*Sam	OK .
*Eli	.
*Sam	Eli. F ddim n edrych fel Lustin Himberlake.
*Eli	Ha Ha. Na. Fn gwbd!
*Sam	.
*Eli	'Na gyd?
*Sam	Na.

*Eli	.
*Sam	F ddim n 14 oed . . .
*Eli	Faint w t? 15?
*Sam	Na.
*Eli	Mwy neu llai na 15?
*Sam	Mwy.
*Eli	Ffiw!!!!!
*Sam	Eli . . . Fn 20 oed.
*Eli	.
*Sam	Eli . . . Be tn fddwl?
*Eli	Fn mddwl . . . GR8 !!! :)

Mae Eli wedi gadael y stafell

Mae Eli wedi dod mewn i'r stafell

*Eli	Haia! :)
*Charlotte	Wel, wel, blydi hel 80
*Eli	Sri bo fn hwyr.
*Sara	Dim probs :)
*Eli	Comp. Becs dal n siop?!!!
*Sara	Ia. Mechan i.
*Charlotte	Tn siarad hno to Els?
*Eli	Yeah.
	.
*Charlotte	A?
*Eli	A be?
*Charlotte	Pwy yw e? Mooor obvious bo dyn 'da t!

'Eli! Off y cyfrifiadur 'na nawr!'

*Eli	Shit!
*Charlotte	Be nawr?
*Eli	Sri. Rhaid mnd. Dad r y warpath!
	Mae Eli wedi gadael y stafell.
*Charlotte	Cyfleus iawn.
*Sara	Wwww! Eli + criad cynta?!!!
*Charlotte	A fn mnd i ffindo mas pwy fyd!

Pennod 5

Bore Mercher. Amser gwasanaeth.

'Pwy yw e 'te?' hisia Charlotte.

'Pwy yw pwy?' meddaf i.

'Ti'n gwbod yn iawn.'

Ar hynny, mae Beca'n ein shwshio. Mae Miss Pritchard yn gleidio fewn yn gawod o bersawr a *hairspray*. Does dim blewyn o'i gwallt o'i le ac mae ei cholur yn berffaith.

'Digon o amsar yn bora – dim plant,' sibryda Sara.

Mae 'na gyffro mawr y tu ôl i ni yn ystod yr emyn cynta. Mae rhesaid o fechgyn yn trio tynnu sylw Charlotte. Mae Clust yn y criw gyferbyn â ni ac mae e'n gwneud llygaid llo bach ar Lotty ac yn edrych yn gas ar y gystadleuaeth.

'Dangos dy dits, Charlotte,' meddai llais cras o'r tu ôl.

Mae bechgyn yn anodd iawn i'w deall.

'Anwybydda nhw!' meddai Beca.

Mae Charlotte yn anwybyddu Beca ac yn gwenu llond ei hwyneb ar y bois. Yna, mae'n troi ei phen yn ffroenuchel fel petai'n malio'r un daten am yr un ohonyn nhw.

Ar y ffordd o'r neuadd mae Iwan Clust wrth ein hochr mewn chwinc. Dydy e ddim yn cael llawer o sylw gan ferched – am un rheswm amlwg iawn, yn fy marn i! Felly, mae e'n ffaelu credu ei lwc yn bachu Charlotte. Fel rhyw hen gi brwnt, mae e'n marcio'i diriogaeth trwy afael yn ei llaw.

'Beth os bydd Miss Pritchard yn ein gweld ni?' meddai Lotty gan daflu'i gwallt yn ôl fel model mewn hysbyseb shampŵ.

'Ma' 'da fi ddwy law – galla i ddal llaw Pritchy 'fyd.'

Rwy'n gwneud llygaid cam ar Sara a Beca. Do's bosib bod gwell tast gan rywun fel Miss Pritchard?

'Sgwn i pam sdim plant 'da hi?' meddyliaf yn uchel yn ystod Dwbl Cymraeg.

'Sdim dyn 'da hi i ddechre. Hen ferch,' meddai Charlotte, fel petai hynny'n afiechyd.

'Falle bod hi'n aros am y dyn iawn – yn lle towlu'i hunan at y crwt cynta sy'n dangos diddordeb.'

'A beth ma' 'ny fod i feddwl?' Mae llygaid Charlotte yn galed fel cerrig.

Ar ôl i'r gloch ganu, mae'n prancio allan heb air o'i cheg – a ngadael i yng nghwmni Sara a Beca.

'Ble ma' Charlotte 'te?' meddai Beca pan ofynnaf a ga i fynd o gwmpas gyda nhw amser cinio. Dw i ddim yn edrych ymlaen. Ry'n ni'n gyfartal pan ry'n ni'n grŵp o bedair. Ond rwy'n teimlo'n fach pan ry'n ni'n ddim ond tair.

'Pwy a ŵyr,' meddaf i yn esgus bod dim ots yn y byd.

Ond rwy'n gwybod yn iawn bod Lotty gyda Clust.

Mae'r cariadon ifanc yn ffeindio unrhyw esgus i ddiflannu i gusanu fel dau garwr mewn ffilm. Mae pawb yn ein blwyddyn ni'n siarad am y peth.

I ddechrau, rwy'n hapus dros Charlotte er 'mod i'n gorfod rhannu fy ffrind gorau. Ac rwy'n hapus i rannu gyda Clust – er nad yw'n ei haeddu hi. Gallaf ddiodde siarad di-stop Charlotte am ei lygaid tywyll a'i frychni bach pert. Rwy'n hollol iawn am y peth. Wedi'r cwbl, mae gen i Sam on'd oes? A phan fydd pawb yn gwybod bod gen i sboner ugain oed, byddan nhw'n siarad amdana *i* wedyn.

Pan fydd Sam yn dod i fy hebrwng o'r ysgol yn ei gar mawr crand, fe fydda i'n cael fy ngoleuo fel seren ar lwyfan.

*Sam	T ddim n grac 'da f te?
*Eli	Dyw oedran t ddim n bwysig.
*Sam	Tn ffantastic!
*Eli	Fn gwbd! Ha, ha!!
*Sam	F ffaelu aros i gwrdd a t. Tn neud fn wyllt!!!!!

Gwasanaeth arall. Mae yna res o fechgyn y tu ôl i ni fel arfer. Y tro yma mae Clust yn un ohonyn nhw. Mae Charlotte ac yntau'n dal dwylo yn slei bach ac yn gadael fynd pan mae athro'n pasio.

'Hei!' meddai llais. Mae côr o gigls tawel tu cefn.

'Eli . . . Hei . . . Eli.'

Dw i ddim yn siŵr iawn beth i'w wneud. Mae fy nghalon yn curo'n gyflymach. Mae cledrau fy llaw'n damp.

'Hei Eli-ointment! Ti'n bo'th neu beth?'

Mae fy nghalon yn mynd fel trên ar y cledrau. Sut byddai Charlotte yn ymateb? Rwy'n edrych yn ôl gyda gwên wan ac yna'n troi at y ffrynt yn sydyn. Ffiw! Doedd e ddim mor anodd â hynny!

Tro Charlotte yw hi i edrych yn ôl. Ydy hi'n eiddigeddus o'r sylw rwy'n ei gael? Rwy'n anwybyddu'r cynnwrf y tu ôl i mi. Mae fy meddwl yn rhy brysur. Oes un ohonyn nhw'n fy ffansïo i? Mae Charlotte yn sibrwd yn fy nghlust. Dyma ni!

'Ma'n nhw'n treial gweud 'thot ti bod zip dy sgert di lawr,' meddai.

*Eli	Fn edrych mlân i gwrdd a t fyd!
*Sam	Gr8. F ffaelu aros i xoxoxo. T isie xoxoxo f?
*Eli	Mmmm. Odw.
*Sam	Tn lyfli! Beta i bchgn gyd isie xoxoxo t.
*Eli	Falle. Rhai.
*Sam	Pa rai?
*Eli	Rhai amser gwasneth. Gweiddi. Treial cal sylw f. Bchgn!
*Sam	Nhw ffansïo t.
*Eli	Falle . . . Pwy a wyr 'da bchgn!
*Sam	Fn jelys???!
*Eli	Paid. Nhw bchgn. Tn ddyn!

Pennod 6

Rwy'n gorwedd ar y gwely. Gwely dwbl braf. Gwely dieithr. Gwely Charlotte.

Roedd Mam ar dân eisiau i mi aros gyda Sara dros nos. Nawr, rwy'n lico Sara – ar ei phen ei hun. Ond mae hi eisiau siarad am wleidyddiaeth o hyd. Mae gen innau hefyd ddiddordeb yng ngwleidyddiaeth Cymru. Ond mae Sara'n ddwl dros bob achos o dan haul, chwarae teg.

Safiwch y dolffin, peidiwch â gwisgo ffwr, gwnewch hela gyda chŵn yn anghyfreithlon, gwaharddwch arbrofi ar anifeiliaid, ailgylchwch, helpwch y digartref, y tlawd, y newynog, y rhai dan ormes. Rwy'n gweud 'thoch chi. Mae Sara eisiau safio'r blydi byd i gyd!

Mae'n well gen i wrando ar glecs am Clust! Mae hynny'n dweud rhywbeth. Ond, yna, mae'r sgwrs yn newid o ogoniannau Clust i Clust a'i ffrind Ali Sibley. Dw i ddim yn hollol dwp ac rwy'n gallu gweld ble mae hyn i gyd yn arwain . . .

'Dw i ddim yn deall ti. O't ti'n 'i ffansïo fe! A nawr ma' fe'n ffansïo ti, *you don't wanna know*!'

Mae Charlotte yn sythu fy ngwallt gyda'r teclyn seramig.

'O'n i'n arfer 'i ffansïo fe – wy 'di newid meddwl fi,' meddaf gan droi tudalennau *Hair* yn gyflymach nag y medraf eu darllen.

'Wel, newid e 'nôl 'te. Plîs Els! Fydd e'n cŵl. Ti a fi – *double date*!'

'Na,' meddaf yn ffrwt a chau'r cylchgrawn. Rwy'n symud yn sydyn ac mae Charlotte yn llosgi fy mhen gyda cheg boeth y teclyn.

'Awww!' sgrechiaf.

'Wel aros yn llonydd 'te!'

Dydy Charlotte ddim yn dwp chwaith ac mae'n dyfalu'r rheswm dros y 'na' drosti hi ei hun,

'Achos y bachgen arall 'ma ife?'

'Ie,' cyffesaf.

'Pwy yw e, 'te?'

'So ti'n nabod e.'

Mae Charlotte yn rhoi'r gorau i sythu fy ngwallt. Mae hi'n neidio oddi ar y gwely ac yn estyn am y *wax* oddi ar ei desg lwythog.

'Wy'n gweud y gwir. So fe'n byw ffor' hyn,' meddaf i dreial ei argyhoeddi.

'Beth yw enw fe, 'te?'

Rwy'n oedi, ond yn y diwedd rwy'n ateb. Rwy'n falch o rannu'r gyfrinach gyda fy ffrind.

'Sam.'

'Mmm . . . So, beth yw'r broblem?'

'Wel . . .' meddaf yn synnu bod Charlotte yn synhwyro problem. Mae hi'n fy nabod i'n rhy dda. Dyna'r drwg.

'Ma' fe'n ugen,' cyfaddefaf.

'Llongyfarchiade,' meddai mewn llais mor oer â'r cwyr yn fy ngwallt.

'Ti'n meddwl – ti'n meddwl bod e'n rhy hen i fi?' gofynnaf yn ofalus. Rwy'n falch bod fy nghefn ati achos rwy'n cochi.

'O'dd y bachgen cynta gusanes i'n *twenty-five*. Perthynas – o bell . . . Pryd wy'n ca'l cwrdd â'r Sam 'ma, 'te?'

'Wel, sa i'n siŵr,' meddaf. 'Cyn bo hir, falle.'

Sut gallwn i ei gyflwyno i Charlotte? Do'n i heb gyfarfod Sam eto hyd yn oed! Ac a fydden i eisiau i'r ddau gyfarfod?

Mae Charlotte yn estyn y drych. Mae ffrâm o oleuadau bach o'i gwmpas. Mae'n goleuo fy wyneb i gyd. Waw. Dw i prin yn nabod fy hun.

'Tynna dy fys mas, Eli. Ti'n dair ar ddeg. Hen bryd i ti ga'l *boyfriend*.'

Mae'n eistedd ar y gwely wrth fy ymyl ac yn anwesu fy ngwallt.

''Se fe'n neud lles i ti ga'l bach o bractis. Bydd dyn ugen o'd yn *experienced* iawn.'

Rwy'n llyncu fy mhoer. Ond rwy'n gweld ei gêm.

'Sai'n mynd i'r goedwig 'da ti, Iwan ac Ali,' meddaf.

'Na, na. Sdim rhaid i ti.'

Rwy'n cael gwers gusanu gan Charlotte. Mae pawb yn gwybod sut mae cusanu gwefusau ar gau! Yn fy nheulu i, mae disgwyl i chi gusanu pob perthynas o dan haul! Mae Charlotte yn dangos i mi sut mae cusanu go iawn – cusanu cariadon.

'Mae e'n hawdd,' meddai Charlotte. Ond mae popeth fel petai e'n hawdd iddi hi. 'Ti'n agor dy geg, wedyn yn cau dy geg. Agor. Cau. Agor. Cau. Fel hyn . . .'

Rwy'n dechrau giglo. 'Ti'n edrych fel pysgodyn!' poeraf.

Fel pob athrawes dda, mae Charlotte yn fy anwybyddu ac yn parhau i esbonio.

'A, wedyn, 'co'r darn anodd. Ma'n rhaid ti amseru'n iawn. Pan ma' ceg ti'n agor, ma'i geg e'n cau. Pan ma' ceg ti'n cau, ma'i geg e'n agor.'

'Bach fel patio pen ti a rhwbo bola ti 'te!' meddaf i.

'Rhwbeth fel'na. Ond lot mwy pleserus. Ac wedyn ma' tafod ti . . .'

'Wy'n gwbod hyn i gyd!' meddaf gan droi ar y gwely a thrio swnio fel petai hynny'n wir.

'Ti'n rhoi dy dafod yn 'i geg e a goglis . . .'

'. . . tonsils e?' meddaf.

'. . . tafod e! So ti moyn tagu fe wyt ti!' meddai hi.

'So . . . Ma'n rhaid i fi agor a chau ceg fi fel pysgodyn, tra bod e'n agor a chau 'i geg e – ond dim 'run pryd – a hwpo 'nhafod yn 'i geg e a goglis 'i dafod e?'

'Yn gwmws.'

'Sa i byth yn mynd i gofio hyn i gyd!'

'Practis, 'na i gyd sy angen. Wedodd Megan os ti'n neud e'n iawn byddi di'n teimlo pili pala yn y bol a bydd y crwt yn cwmpo dros ei ben a'i glustiau mewn cariad â ti.'

Mae Megan yn un deg chwech oed ac mae hi'n gwybod pob dim am bob dim – ond mae hi'n arbenigwr ar fechgyn.

'A ody Iwan mewn cariad 'da ti?' gofynnaf.

'Wrth gwrs 'i fod e – ond sa i'n caru fe!'

Tro Charlotte yw hi i chwerthin nawr. Daw gwaedd o lawr grisiau yn gofyn i ni dawelu.

'Gallwn ni bractiso nawr os ti moyn,' meddai Charlotte gan sibrwd.

'Ni?'

Dw i ddim yn siŵr a ydw i eisiau cusanu Charlotte. Beth petawn i'n anobeithiol? Fyddai hi'n dweud wrth y bechgyn i gyd?

'Pam lai? Wy 'di neud e *loads* a ma'n swno fel 'se isie'r practis 'not ti,' meddai hi.

Mae ofn arna i wneud. Ond mae ofn arna i wrthod. Mae fy mol yn troi a throsi fel baner yn y gwynt. Rwy'n cau fy llygaid a chrychu fy ngwefusau. Rwy'n gwneud hyn tan fy mod i'n teimlo gwefus oer Charlotte yn fy nghusanu. Yna, rwy'n agor a chau fy ngheg a thrio amseru'n iawn. Rwy'n canolbwyntio – agor, cau, agor, cau. Rwy'n cofio popeth ond y tafod.

'Deimlais ti rwbeth? Pili pala?' gofynna Charlotte ar ôl deg eiliad sy'n teimlo fel oes.

'Na. Dim byd.'

'Na finne. Falle bo fe'n wahanol os ti'n cusanu rhywun ti'n caru. Ofynna i i Megan,' meddai.

Drannoeth, ar ôl ysgol, rwy'n ymarfer ar Tedi nes bod ei wefusau barfog yn wlyb potsh. Ac er 'mod i'n gorfod poeri blew i mewn i'r bin ar ôl y cusanu, mae'n rhaid cyfadde bod Tedi'n dipyn mwy blasus na Charlotte.

*Sam	Tn lico srprs?
*Eli	Syrprs?!
*Sam	Sypreis!
*Eli	Fn CRU srprs :)
*Sam	Be yw srprs gore t?
*Eli	M a D. Dolig dwetha. F isie teli. Nhw dweud NA! Bore Dolig. Fn cal teli A DVD. Cwl!
*Sam	Pam teli A DVD?
*Eli	Fn frch dda.
*Sam	W t?
*Eli	ODW!
*Sam	'Da f srprs i mrch dda O:-)
*Eli	Anrheg?
*Sam	Falle.
*Eli	Be? Be? :)
*Sam	F 'di prynu Webcam. Tn gallu gwld f r cyfrifiadur t!

*Eli	.
*Sam	T isie gwld f?
*Eli	F ddim siwr.
*Sam	Tn poeni fn salw? ! :) :) :)
*Eli	Tn swno n salw iawn! Ha, ha!!!
*Sam	Hy! Mrch dda!
*Eli	Sri. Dim ots os tn salw. Fn lico t, ta beth.
*Sam	Os tn siwr te . . . Tn barod?
*Eli	OK.
*Sam	Co ni n mnd te . . .
	. . .
*Eli	Ha, ha.
*Sam	Be?
*Eli	Tn dishgwl JYST fel Lustin Himberlake!
*Sam	F YW Lustin Himberlake!
*Eli	Ydy LH n siarad Cymrag? . . . Hmmm. Edrych fel LLUN LH i f. Ha ha. Doniol iawn!
*Sam	Pwy tn dishgwl fel te? Miss World?
*Eli	Britney Fears.
*Sam	Da.
*Eli	Pam da? Brit n briod – 'da dyn arall!!!!!!!!
*Sam	Ond LH 'di oxoxox Britney!

Dim ond ar ôl diffodd y swits rwy'n sylweddoli
'mod i'n dal heb weld Sam.

```
╭─────────────────────────────────
│ NGS I SAM
│ F DAL HEB WLD T!!!!!
╰─────────────────────────────
```

```
╭─────────────────────────────────
│ NGS I ELI
│ BYDD E MWY O SRPRS PAN
│ NI N CWRDD . . .<3
╰─────────────────────────────
```

Ar y mobeil ry'n ni'n anfon y negeseuon yma.
Roedd Sam yn flin y noson arhosais i gyda Charlotte.
Roedd e wedi methu siarad â mi am bedair awr ar
hugain! Mae pedair awr ar hugain yn amser hir.

Ro'n i wedi bwriadu dweud wrtho am y clwb
cysgu. Ond anghofiais i! Roedd hiraeth mawr ar Sam.
Roedd e'n poeni bod rhywbeth drwg wedi digwydd i
mi. I sicrhau na fydd hyn yn digwydd eto, fe
awgrymodd ein bod yn cyfnewid rhifau ffôn. Nawr,
rwy'n amddiffyn fy mobeil gyda fy mywyd rhag Dad
a Mam.

📱 SAM	BE TN WSGO?
📱 ELI	PAID BOD N SAD
📱 SAM	BE TN WSGO?
📱 ELI	SAD
📱 SAM	FN GWSGO SIORTS. BE TN WSGO?
📱 ELI	JOGGIES
📱 SAM	JOG BE?!
📱 ELI	TROWSUS JOGIO
📱 SAM	TN MND I JOGIO?
📱 ELI	NA! HA HA

🔒 SAM	PAM GWSGO JOGGIES TE?
🔒 ELI	FFASIWN. TN GWBD M FFASIWN? !!!
🔒 SAM	FN LICO FFASIWN . . . FN GWSGO SIORTS FFASIYNOL IAWN . . . !
🔒 ELI	A . . . ?
🔒 SAM	DIM
🔒 ELI	DIM BYD??? 8O
🔒 SAM	NA
🔒 ELI	JYST SIORTS?
🔒 SAM	IE. DIM BYD ARALL
🔒 ELI	DIM BYD?
🔒 SAM	NA. DIM TRONS!
🔒 ELI	YCH!
🔒 SAM	PAM YCH?
🔒 ELI	? !
🔒 SAM	.
🔒 ELI	TN WEIRD
🔒 SAM	NA. CYFFORDDUS. 'NA GYD
🔒 ELI	.
🔒 SAM	TN GWSGO . . . TMOD?
🔒 ELI	BETH?!
🔒 SAM	TMOD . . . ?
🔒 ELI	TRONS? SO MRCHD N GWSGO TRONS! MR FFASIWN? WIR!
🔒 SAM	BE MA MRCHD N GWSGO TE? NEU DDIM N GWSGO?! :)
🔒 ELI	MRCHD N GWSGO NICRS. TPSN!
🔒 SAM	W TN GWSGO NICRS?
🔒 ELI	!
🔒 SAM	TN COCHI?
🔒 ELI	NA
🔒 SAM	T N COCHI

64

▢ ELI	NA
▢ SAM	FN LICO T. TN LICO F. BE SY?
▢ ELI	OK . . . ODW. FN GWSGO NICRS
▢ SAM	BORING!
▢ ELI	HY?
▢ SAM	JOC! HA HA
▢ ELI	HA HA
▢ SAM	SIORTS FN LAS. PA LIW YW NICRS T?
▢ ELI	!
▢ SAM	T OFN? BEB. T DDIM N FABI!
▢ ELI	NA
▢ SAM	ELI? :(
▢ ELI	.
▢ SAM	OK TE. T DDIM TRYSTO F. FN MND TE. TTAN . . .
▢ ELI	NA! PAID MND!
▢ SAM	.
▢ ELI	OK . . . MELYN
▢ SAM	GR8. MELYN YW HOFF LIW F :-X

Dw i ddim yn gwybod beth yw e. Rwy methu esbonio'r peth i mi fy hun. Mae e fel tân ar fy mochau a phicelli bach yn fy mol. Dydy e ddim yn boen corfforol a dydw i ddim yn sâl. Ond mae rhyw deimlad annifyr, ych a fi, tu mewn i mi.

Dw i ddim yn meddwl bod Sam na fi wedi gwneud dim byd o'i le. Ond dyma'r tro cynta i unrhyw un – ar wahân i Mam – gymryd diddordeb yn fy nillad isa. A dw i ddim yn siŵr sut rwy'n teimlo am y peth. Dw i ddim yn fabi ac rwy'n gwybod lot am garu a rhyw.

Rwy'n gwybod bod dynion yn lico gweld merched mewn nicers a bra a bod hynny'n eu cyffroi.

Ydy Sam yn cyffroi wrth feddwl amdana i? Mae hynny'n gwneud i mi deimlo'n boeth eto. Rwy'n siŵr bod popeth yn iawn. Mae'r profiadau yma jyst yn rhan o dyfu lan.

Ro'n i'n teimlo'n boeth pan ges i fy misglwyf cynta hefyd. Amser cinio oedd hi ac ro'n i'n cerdded rownd yr ysgol gyda Charlotte, Sara a Beca. Yn sydyn, dyma fi'n teimlo rhyw lif sydyn rhwng fy nghoesau. Ro'n i'n poeni fy mod i wedi gwlychu fy hun.

Ddwedais i ddim byd wrth Charlotte na'r lleill. Fe wnes i ryw esgus a rhuthro'n syth i'r tŷ bach. Ffoniais Mam ar y mobeil. Doedd dim ofn arna i pan welais i'r gwaed. Ro'n i'n gwybod beth oedd misglwyf a bod merched i gyd yn eu cael. Roedd Charlotte wedi dweud wrtha i bod Megan yn cael misglwyf. Roedd hi wedi ei dilyn i'r tŷ bach un dydd ac wedi gweld y gwaed yn y bowlen. Ar ôl hynny ddechreuais i sylwi ar yr hysbysebion teledu am *tampons* a *sanitary towels*.

Fe ddwedodd Mam wrtha i am fynd at y nyrs a gofyn iddi am *sanitary towel*. Felly, dyna beth wnes i. Roedd y nyrs yn neis iawn. Ges i nicers glân a thowel i osod tu mewn iddyn nhw. Roedd e dipyn bach fel gwisgo napi. Ond do'n i ddim yn teimlo fel babi.

Trwy'r prynhawn, ro'n i'n binnau bach i gyd yn gwybod am fy nghyfrinach fawr. Ro'n i'n teimlo bod yna rywbeth arbennig iawn amdana i. Ro'n i'n fenyw nawr. Ac, yna, daeth y boen yn fy mol. Doedd neb wedi dweud wrtha i am y boen.

Pan es i adre fe roddodd Mam aspirin i mi a gwneud potel ddŵr poeth i osod ar fy mol. Roedd hi wedi dod adre'n gynnar o'r gwaith. Tynnodd ddarn o bapur o'i *filofax* ac eisteddodd y ddwy ohonon ni wrth fwrdd y gegin.

'Mae gan fenyw normal ddwy ofari. Mae tiwb yn crogi o bob ofari – y tiwbs ffalopaidd yw'r rhain,' meddai Mam gan dynnu llun i ddangos yr hyn roedd hi'n ei esbonio. 'Bob mis, mae croth y fenyw'n paratoi i gael babi . . .'

'Hyd yn o'd croth fi?' gofynnais wedi fy hudo.

'Ie, cariad – nawr dy fod ti wedi ca'l dy misglwyf cynta . . . Ond, os nad yw'r wy'n cael ei ffrwythloni mae leinin y groth yn chwalu a dod mas o'r corff. Dyna beth yw misglwyf.'

'A sut ma'r wy'n cael ei ffrwythloni?' gofynnais yn rhyfeddu.

'Wel,' meddai Mam. 'Mae'r dyn yn ffrwythloni'r wy.'

Roedd hi'n canolbwyntio ar y llun.

'A sut ma'r dyn yn gwneud 'ny?'

'Gyda'i had.'

'A sut ma'r had yn mynd o'r dyn i'r fenyw?'

'Ma'r dyn yn rhoi ei bidlen yn y fenyw.'

Edrychodd arnaf. Roedd ei llygaid yn disgleirio.

'Ych,' meddwn i. 'Ma' 'na'n *gross*! Fydda i byth byth yn neud 'na!'

'Da iawn,' meddai Mam a rhoddodd gwtsh mawr i mi.

NGS I ELI
ALI N GOFYN M T HNO

NGS I CHARLOTTE
SO?!!!

NGS I ELI
BYDDAI FFRND DA N DOD

NGS I CHARLOTTE
BYDDAI FFRND DA DDIM N GOFYN

Pennod 7

Ddealla i fyth mo fy rhieni. Sdim deall arnyn nhw sbo.

Enghraifft. Heddiw. Dau fis union ers i mi gael y *laptop*. Ie, yr un *laptop* ag y prynon nhw i mi. Yr un *laptop* ro'n nhw'n meddwl fyddai'n wych i fy helpu gyda fy ngwaith cartre. A nawr?

'Ble ti'n mynd?' gofynnodd Dad ar ôl swper arall o flaen y teledu. Cawl pwmpen roedd Mam wedi'i wneud y noson cynt. Ro'n i'n meddwl ei fod e'n mynd i ofyn i mi roi'r llestri brwnt yn y peiriant.

'Wy'n mynd lan sta'r,' meddaf i heb fynd i fanylion – yn fwriadol, wrth gwrs.

'A beth wyt ti'n neud lan sta'r?'

'Gwaith cartre.'

Fel arfer, mae'r ymateb hwn yn ddigon i gau cegau Dad a Mam. Maen nhw wrth eu boddau 'mod i mor gydwybodol. *Yeah. Right.* Ond heddiw, dydy'r dacteg ddim yn gweithio.

'Dwyt ti ddim 'di gorffen y cawl,' meddai Mam yn ofidus. Newydd gyrraedd adre mae hi ac mae golwg wedi blino arni. Mae ei gwallt yn anniben ac mae ei mascara wedi smwtsio.

'Wy'n llawn,' atebaf. Dw i ddim yn dweud y gwir wrthi, sef fy mod i'n methu bwyta achos bod fy

69

ymysgaroedd ar dân. Rwy'n dal i feddwl am y neges testun ges i heno.

```
NGS I ELI
HIIIII SXC. T MOOOOR GR8 XXXXX
```

Yna, mae Dad yn dweud,

'Mae mwy i fywyd na gwaith cartre, Eli.'

Prin rwy'n gallu credu fy nghlustiau!

'Gweda 'ny wrth yr athrawon,' meddaf i gan grymu fy sgwyddau ac actio'n cŵl i gyd.

'Ma' angen cydbwysedd mewn bywyd. Dwyt ti byth yn mynd mas dyddie hyn,' meddai Dad.

'Gad hi fod, 'nei di, Wil,' meddai Mam. Roedd hi jyst eisiau llonydd, yn ôl ei golwg.

'O't ti'n gweud 'run peth dy hunan bore 'ma, Llinos. Ma' Eli ar y cyfrifiadur 'na ddydd a nos.'

Mae Dad yn gor-ddweud, wrth gwrs. Mae rhieni'n arbenigwyr ar hynny.

'O't ti arfer mynd mas – 'da Sara a Beca, a'r Charlotte 'na –'

'Ie, wel, ma' *boyfriend* 'da Charlotte nawr,' meddaf yn ddifrifol. Mae Dad yn chwerthin dros y lle i gyd, fel petai e wedi clywed jôc y ganrif.

'Callia!' meddai Mam wrtho, gan siglo'i phen. Rwy'n ei dal hithau'n gwenu hefyd.

'Y berthynas 'ma. Ody fe'n seriys, 'te?' gofynna Dad pan mae'n cael ei wynt ato.

'Wy'n falch bo chi'n gweld e'n ffyni. Byse dim ots 'da chi se *boyfriend* 'da fi chwaith te,' meddaf i'n ffwrdd-â-hi.

Dydy e ddim yn deg iawn, rwy'n gwybod – pryfocio rhieni fel hyn. Ond y gwir yw, mae hi mor hawdd eu cynhyrfu nhw. Mae fy ngeiriau'n cael effaith ryfedd ar Dad. Yn sydyn, mae e'n tagu ar ei chwarddiad ei hun. Mae e'n troi'n gochbiws, fel crib twrci yn yr haul.

'Wel – o's e?!' arthia'n gryg, yn trio cael ei wynt.

Dydy Mam ddim yn ymateb. Ond rwy mewn cyfyng gyngor beth i'w wneud – ateb ei gwestiwn, ffonio ambiwlans neu gwneud yr *Heimlich Manoeuvre* fy hun. Rwy wedi ei weld ar *Casualty*.

'O's beth?' meddaf yn cŵl fel lolipop ar ddiwrnod o haf.

'*Boyfriend*? . . . Sboner?' gofynna Dad yn dod ato'i hun.

'Tynnu dy go's di ma' hi,' meddai Mam.

'Beth yw hwnna ar dy wefus di?'

'*Lipgloss*,' atebaf.

'Yn dy oedran di?!!! Wy 'di clywed y cwbwl nawr. Y blydi cwbwl!'

'*For god's sake*, Wil! 'Bach o *lipgloss* yw e.'

Mae Dad yn troi ar Mam. 'I blesio pwy?! Dyw merched ddim yn aros tan bod nhw'n ddeunaw o'd cyn dechre caru y dyddie hyn,' meddai.

'Dim deunaw o'd, falle. Ond bydd Eli'n aros tan bydd hi'n bymtheg o leia,' ateba Mam.

'Pymtheg? Ma' merched oedran Eli'n ca'l babis!'

'Odyn. Ond ma' Eli'n gwbod yn well, on'd wyt ti cariad? Wy'n fam gyfrifol a ni 'di ca'l y sgwrs am yr adar a'r gwenyn.'

Maen nhw mor brysur yn coethi ar ei gilydd, fydden nhw ddim yn sylwi petawn i'n diflannu mewn pwff o fwg.

'Ga i fynd nawr?' gofynnaf i dorri ar y ddadl. Mae hyn yn gamgymeriad tactegol.

'O's *boyfriend* 'da ti?' gofynna Dad fel mellten.

'Boi sy'n ffrind? Neu boi sy'n fwy na ffrind?' meddaf i.

'Y ddau!'

'O's. A nago's.'

'Beth ma' 'na fod i feddwl? Ti'n clywed hyn, Llinos?'

Mae Mam yn anwybyddu Dad. Mae'n dechrau llwytho'r peiriant. Mae'r llestri'n clindarddach a'r cyllyll a ffyrc yn tincial.

'"O's" yw'r ateb i'r cwestiwn cynta a "nago's" i'r ail,' meddaf yn glyfar.

Dydy Dad ddim yn ateb am sbel. Mae'n cymryd eiliad neu ddwy i ddeall, er ei fod e'n athro. Clywaf ddrws y peiriant yn cau gyda bang. Mae Dad yn ffrwydro,

'Glywest ti 'na!' meddai'n fuddugoliaethus – wrth Mam, nid wrtha i!

Clywaf hyrdi gyrdi'r peiriant fel hen gân. Daw Mam ataf a rhoi ei llaw ar fy mhen yn gariadus.

'Sdim byd yn bod ar ga'l ffrind. O'dd 'da fi LOT o ffrindie pan o'n i oedran Eli,' meddai.

'Hmm. Greda i!' meddai Dad gan wenu. Dw i ddim yn deall y wên. Ond mae Mam yn cochi fel afal aeddfed.

Mae fy mobeil yn canu. Neges arall.

'Y sboner, ife?' meddai Mam a gwneud stumiau ar Dad.

'Paid ti beio fi pan fyddwn ni'n fam-gu a thad-cu cyn ein hamser,' meddai Dad.

'Alli di ddim ca'l babi trwy *cyber sex*,' ateba Mam.

Rwy'n dianc i fy llofft yn ysu i ddarllen y testun. Y tro hwn dydy Dad a Mam ddim yn fy stopio.

NGS I ELI
FN MDDWL AM GS XXX T
TN BLASU N MMM X ℮>'-,-

Nid am y tro cynta rwy'n teimlo'r pili pala yn fy mol. Mae ei adenydd yn fflip-fflapian yn wyllt. Maen nhw bron yn ddigon pwerus i 'nghodi oddi ar y llawr. Yn sicr, dwi ddim yn teimlo bod fy nhraed ar y ddaear.

*Sam	Tn gwbd be licen i???
*Eli	Be??
*Sam	Licen i wld t BOB dydd.
*Eli	Amhosib. T fan na. F fan hyn.
*Sam	Ma ffor . . .
*Eli	?
*Sam	T prnu camra. F gallu gwld t. WAW! :-x
*Eli	Licen i wld t fyd.
*Sam	T 'di gwld f.
*Eli	Naaaa! F 'di gwld Lustin Himberlake!
*Sam	O ie. Wel, f YN edrych fel LH!
*Eli	Gr8! Fn cru LH!!!
*Sam	Paid. Fn jelys :(
*Eli	Pam?!
*Sam	Tn cru LH. Be m f?
*Eli	Lico t fyd.
*Sam	Tn CRU LH!!!!! :O
*Eli	.
*Sam	Tn cru f?
*Eli	Dim n siwr. Heb fod mewn criad o'r blân.
*Sam	Na f. Dim fel hyn. Ges be fn mddwl m . . .
*Eli	?
*Sam	Fn mddwl m wld t . . . gwld tn gwenu . . . gwld tn dansio . . . gwld tn csgu . . . Tn SXC xoxoxo
*Eli	Dim n sxc pan csgu. Csgu a ceg r agor!!!
*Sam	Tn neud i f dmlo pili pala.

*Eli	Fn tmlo pili pala n bol fyd.
*Sam	Pili pala f ddim n bol.
*Eli	Le ma pili pala???
*Sam	Is na bol. Tn cal effeth od 'no f.
*Eli	Le ma pili pala?
*Sam	Tn gallu geso?
*Eli	Falle.
*Sam	Bai t yw e. T Moooor sxc.

Ar ôl dweud nos da rwy'n mynd yn syth i'r gwely. Rwy'n teimlo'n rhyfedd iawn. Rwy'n boeth iawn, yn arbennig yn un lle – y lle preifet hwnnw, rhwng fy nghoesau. Rwy'n meddwl am Sam. Rwy'n meddwl am ble mae e'n teimlo pili pala – yn is i lawr na'i fola, meddai e . . . Rhwng ei goesau? Rwy'n gwrido wrth feddwl.

Mae e'n dweud mai arna i mae'r bai. Rwy'n cael effaith ryfedd arno. Rwy'n rhoi fy llaw rhwng fy nghoesau ac anwesu. Mmm. Mae'n rhaid ei fod e'n fy hoffi i'n fawr.

Os yw bachgen yn eich hoffi chi, mae e eisiau gwneud pethau i chi . . . gyda chi. Rwy'n teimlo pinnau bach o bleser dros fy nghorff i gyd. Rwy'n meddwl amdano Sam yn fy nghusanu i – ar fy ngwefusau, ar fy ngwddf, ar fy mronnau. Rwy'n anwesu fy hun yn gyflymach. Rwy'n methu stopio fy hun.

75

Mae dyn yn fy hoffi i. Mae e'n fy NGHARU i. Rwy'n meddwl am roi fy llaw ar ei gnawd caled, poeth. Rwy'n crynu i gyd. Mae tonnau o bleser yn meddiannu fy nghorff. Fedra i ddim stopio fy hun. Mae'n rhaid i mi ei gael. Sam! Rwy'n ochneidio gyda phleser.

Ai fel hyn bydd pethau pan fydd Sam a fi'n caru? Rwy'n gwenu i mi fy hun. Rwy'n teimlo fel menyw go iawn.

> **NGS I ELI**
> W T 'DI PRNU CAMRA?

> **NGS I SAM**
> NA. RHD GFYN I MAM M £

> **NGS I ELI**
> GFYN I MAM TE. FN CLLI MYNEDD :(

Mae'r geiriau fel cyllell yn fy nghalon! Rwy'n gwneud addewid i mi fy hun i daclo Mam cyn gynted ag y daw hi o'r gwaith. Dw i ddim am i Sam feddwl 'mod i'n ferch ysgol wirion sy'n ofni cysgod ei mam!

Beth os bydd hi'n gwrthod? Efallai bydd Sam yn CWPLA 'da fi! Mae fy ymysgaroedd yn rhoi naid fel plentyn ar drampolîn. Y funud honno rwy'n sylweddoli fy mod i YN ei garu. Fe fyddwn i'n gwneud UNRHYW BETH i'w gadw.

Pennod 8

Amser brêc rwy'n cael neges gan Charlotte.

NGS I ELI
R-GYFWNG! FN Y COED. DERE
NAWR X

Rwy'n mynd ar unwaith, heb oedi dim. Rwy'n sicr bod rhywbeth ofnadwy wedi digwydd i Charlotte. Mae fy nghalon yn curo fel gordd. Mae chwys annifyr o dan fy ngheseiliau. Rwy'n dychmygu pob math o erchyllterau. Mae Charlotte wedi ei hanafu. Gwaeth. Mae hi'n gorwedd yn gelain, ei chorff yn llipa fel doli glwt.

Rwy'n brysio i ben draw'r cae chwarae, yn hanner cerdded, hanner rhedeg. Mae fy anadl yn dew ac yn gyflym. Mae 'na bwyth mawr yn fy stumog. Ond dw i ddim yn ildio i'r boen.

Yng ngheg y goedwig clywaf leisiau. Dau ddyn yn coethan yn dawel. Ac, yna, llais menyw yn denau fel sgrech. Gorfodaf fy hun i gamu 'mlaen. Mae fy nghoesau'n teimlo'n drwm fel concrit. Mae pob cam yn ymdrech. Rwy eisoes yn dychmygu fy hun yn crio gyda'r gweddill yn angladd Charlotte, yn dweud yn ddistaw faint ro'n i'n ei charu. O Dduw, meddyliaf, os caiff Charlotte fyw fe fydda i'n ffrindiau gyda hi am byth bythoedd!

Rwy'n gwasgu fy hun rhwng y bwlch yn y clawdd. Wrth i mi wneud, mae draenen yn dal cotwm fy sgert fel bys bachog. Rwy'n tynnu ar y defnydd ac mae'n rhwygo'n swnllyd. Mae'r triawd yn troi ac yn syllu arna i'n gegagored.

*Sam	Be ddigwyddodd? Be Eli?
*Eli	F ffaelu.
*Sam	Tn trysto f on'd w t?
*Eli	Odw.
*Sam	Ni n ffrndie?
*Eli	Odyn.
*Sam	Wel . . . Ma ffrndie n dweud pob dim . . .

Charlotte sy'n cymryd yr awenau. Mae'r ddau arall – Iwan Clust ac Ali Sibley – yn dawel ac ufudd fel dau hen gi gyda'u meistr bore oes.

'Ti'n dishgwl fel 'set ti 'di gweld anghenfil!' meddai hi ac mae'n dechrau giglo.

Mae hyn yn fy hala i'n wallgo! Rwy wedi dod i HELPU hon – heb boeni dim am fy niogelwch fy hun! A beth yw'r diolch rwy'n ei gael? Mae'r ast dwp yn chwerthin ar fy mhen!

'Blydi hel! – be ti moyn?' meddaf yn siarp. 'Ma'

'da fi bethe gwell i neud na sefyll fan hyn yn gwrando ar dy lap di!'

'Dere draw fan hyn i ddweud "helô",' meddai Charlotte yn anwybyddu fy surni. 'Ni'n ca'l smôc.'

'Lotty!' rhybuddia Iwan Clust. 'Cau dy geg!'

'Ma'n ocê. Wedith Eli ddim wrth neb – NA NEI DI, EL?!'

'Na,' meddaf yn llipa.

'Ti moyn mwgyn?' gofynna Ali.

'Sai'n smoco,' atebaf i.

'*So*, so ti'n cario clecs . . . a so ti'n smoco . . . O's rhwbeth ti YN neud?' gofynna Ali.

Mae'r bechgyn yn troi at ei gilydd ac yn chwerthin yn wawdlyd. Mae'r ddau gi wedi troi'n fleiddiaid.

*Eli	F dim isie dweud. Dim isie mddwl m y peth.
*Sam	Ond ma RHWBTH 'di ypseto t?
*Eli	Os.
*Sam	Rhwbth ofnadw?
*Eli	Ie.
*Sam	A t ddim isie dweud achos ma cwilydd 'no t?

Mae cywilydd yn rhedeg trwy fy nghorff fel dŵr poeth. Ond fedra i ddim dweud hynny wrth Sam, yn arbennig Sam. Mae Sam yn fy nabod yn rhy dda . . .

*Sam	Os cwilydd 'no t?
*Eli	Os.
*Sam	F isie helpu t. Gad i f helpu t.

Ry'n ni'n eistedd bob yn ddau. Charlotte ac Iwan Clust. Fi ac Ali Sibley. Dw i ddim yn siŵr sut mae hyn wedi digwydd. Do'n i ddim wedi meddwl aros, heb sôn am eistedd. Rwy'n meddwl am godi a mynd. Ond mae rhywbeth yn fy nghadw i yno.

'Ti'n bert, ti'n gwbod – gweld ti'n agos fel hyn,' meddai Ali.

'Paid bod yn sofft!' atebaf. Ond rwy'n gwenu, er gwaetha fy hun.

'Dere 'ma . . .' meddai.

'Pam?'

'Dere 'ma. Ma' rhwbeth wy moyn gweud 'thot ti. Agosach . . . Agosach . . .'

Mae fy nghalon i'n curo'n gyflym.

Mae Ali'n sibrwd yn fy nghlust, 'Ti'n gooorjys!'

Mae ei anadl yn gyrru ias lawr fy nghefn. Mae'r ias yn fy rhewi.

Mae Ali'n rhoi ei law ar fy mhen-glin. Rwy am ddweud wrtho am symud ei law. Ond, yna, rwy'n gweld Charlotte trwy gornel fy llygad. Mae hi a Clust yn cusanu'n wyllt. Maen nhw'n fy atgoffa i o ddau ganibal sy ar fin bwyta ei gilydd.

Mae Ali'n sibrwd rhywbeth arall yn fy nghlust.

Y tro yma dw i ddim yn clywed beth ddwedodd e. Rwy'n troi i'w wynebu, i ofyn iddo ailadrodd. Rwy'n agor fy ngheg i ddweud y geiriau. Ond cyn i mi ffeindio fy llais mae'n llamu arna i. Mae'n fy nghusanu i ac rwy'n ei gusanu e. Ac yn araf, araf bach mae'n fy ngwthio i'r llawr.

*Sam	Odd en csanu t?
*Eli	Odd.
*Sam	Odd tafod en ceg t?
*Eli	Odd.
*Sam	Odd en mwynhau?
*Eli	F dim gwbd.
*Sam	Odd en neud swn?
*Eli	Odd.
*Sam	Pa swn?
*Eli	Ci n cal los.
*Sam	Be ot tn wsgo?
*Eli	Be tn fddwl?! Gwsg ysgl!
*Sam	Ie. Sri. Le odd llaw e?
*Eli	Cos.
*Sam	Le r cos?
*Eli	Pen-lin . . . i ddechre . . .
*Sam	Wedyn?
*Eli	F dim isie dweud.
*Sam	F BYTH n brifo t. Dwed. Byddi dn tmlon well. Fn addo.
*Eli	Lan sgrt f.
*Sam	Clun t?
*Eli	Ie.
*Sam	Rhwng clunie t?

*Eli	. . . Ie.
*Sam	R nicrs t?
*Eli	Ie. Sai isie dweud rhgr!
*Sam	Dynnodd e nicrs t?
*Eli	Sam. Paid.
*Sam	Isie helpu t. OK?
*Eli	OK.
*Sam	Dynnodd e nicrs t?
*Eli	Driodd e . . . F stopo fe.
*Sam	Mmm. Da iawn. Mrch dda.
*Eli	Odw i?
*Sam	Wt. Sai isie dyn n cyffrdd wejen f. Dynon n foch!
*Eli	A t?
*Sam	Na. Fn wahanol.
*Eli	Odw in wejen t?
*Sam	W t isie?
*Eli	Odw.
*Sam	Gfyn i Mam m gamra te.
*Eli	OK.
*Sam	W tn tmlon well?
*Eli	Tipn bch. Fn mddwl. Dlch Sam.
*Sam	Pleser. Pleser pur.

Pennod 9

Mae Mam wedi bod yn cyrraedd adre'n hwyr bob nos yr wythnos yma. Rwy'n gweld fy nghyfle i ofyn am y *webcam*.

Mae golwg wedi ymlâdd arni pan ddaw trwy'r drws, brîffces orlawn o dan ei chesail a photel o laeth gafr yn ei llaw. Mae hi'n wyn fel fflwr ac mae 'na sachau du-biws o dan ei llygaid.

Rwy'n sylweddoli fy mod yn cymryd risg. Fe allai gytuno â'm cais er mwyn cael llonydd. Ond fe allai wrthod yn ddiamynedd achos bod ei meddwl ar bethau pwysicach – fel bwyd a chwsg.

'Mam?' galwaf.

'Dim nawr, cariad,' meddai yn fy mhasio ar y ffordd i'r gegin.

Ond mae gormod yn y fantol i ildio'n syth. Rwy'n ei dilyn.

'Pryd, 'te?' meddaf. 'Sa i byth yn gweld ti dyddie 'ma.'

Mae'n gwingo. Rwy'n gyrru cyllell i'w chalon ac rwy'n gwybod hynny. Ond mae'n rhaid i mi wneud hynny neu byddaf yn colli Sam. Byddai'r boen honno'n fwy.

'Ti 'di gofyn i dy dad?' gofynna Mam gan agor

cwpwrdd bwyd ac edrych yn amheus ar y cynnwys tila.

Crymaf fy sgwyddau. 'Ma' fe'n watso pêl-droed.'

'*Typical*,' meddai Mam a chau'r drws yn glatsh. Yna, mae'n gweld y bocs siocled ar ben y cwpwrdd. Mae'r bocs wedi cael ei roi yno allan o'm cyrraedd. Wrth gwrs, rwy'n gallu ei gyrraedd yn rhwydd gyda help cadair.

Mae Mam yn estyn y siocled ac yn torri dwy res – un i mi ac un iddi hithau. Mae'n cau ei llygaid ac yn mwynhau'r melysdra melfedaidd. Ar ôl hynny mae'n bywiogi.

'Beth ti moyn, cariad?' gofynna.

'Ga i *webcam*?'

'Be ddiawl yw hwnnw?' meddai, gan anghofio'i hun a siarad â mi, am eiliad, fel petawn i'n oedolyn. Yna, mae'n dod ati'i hun, 'Maddeua dwpdra dy fam,' meddai.

'Math o gamera yw e. Fel bod pobol yn gallu gweld ti – ar y We.'

Mae'n gwgu fel gwrach. 'Pa fath o bobol?'

'Ffrindie,' meddaf.

Ond mae Mam yn dal i edrych yn amheus. Mae siwgr y siocled yn colli ei hud.

'Dw i ddim yn credu bod e'n syniad da,' meddai.

'Ond pam?'

'Achos . . .' mae'n canolbwyntio ar ddewis y geiriau iawn, fel petai'n trio trywanu'r bysen ola ar blât gyda fforc. 'Dwyt ti ddim yn gwbod pa sort o bobol fyse'n edrych 'not ti.'

'Dw i YN gwbod pwy fydd yn edrych arna i,' meddaf gydag ateb parod.

'Pwy?'

'Wel, Charlotte a Sara, ontefe.'

Ond dydy hi ddim mor dwp ag y mae'n ymddangos weithiau.

'O's 'da hyn rwbeth i neud â'r sboner newydd?' gofynna. 'Ma'n olreit. Ma' dy Dad yn fishi 'da'r pêl-droed.'

Rwy'n cael fy nhemtio i ddweud y cwbl wrthi. Byddai'n rhyddhad cael rhannu, cael sêl ei bendith. Ond mae rhywbeth yn fy nal yn ôl. Rwy'n ofni na fyddai hi'n deall.

'Ni 'di cwpla,' meddaf yn gelwydd i gyd.

'O'n i'n gwbod bod rhwbeth yn dy fyta di!' meddai Mam yn fuddugoliaethus. Mae ei hwyneb yn goleuo fel lamp yn y nos. 'Galli di ddim cwato dim 'wrth dy fam! . . . Ges ti lo's?'

Rwy'n penderfynu ymddiried ynddi gan wybod y bydd hyn yn plesio.

'Fi gwplodd 'da fe . . . Mam, na'th e rwbeth ofnadw . . .'

Mae ei llygaid yn agor led y pen. Mae'n pwyso 'mlaen yn barod i mi ddweud ein bod wedi mynd *all the way.*

'Fyddi di ddim yn grac?' gofynnaf yn sawru ei hanesmwythdod.

'Na, bach. Fydda i ddim yn grac.'

'. . . Driodd e roi ei dafod yn 'y ngheg i. Gwples i 'da fe'n strêt.'

Mae'r rhyddhad bron yn ormod iddi. Mae'n gwenu o glust i glust.

'Ma' lot o dy fam 'not ti!' meddai. 'T'wel, rhyw ddydd fyddi di'n joio, wel, cusanu dy sboner a charu. Pan fyddi di'n hŷn. Ond ddim 'to, cariad. Ddim 'to . . . Weda i beth, ewn ni i siopa ddydd Sadwrn. Beth licet ti?'

'*Webcam*,' meddaf fel siot.

Cyn iddi gael cyfle i ymateb rwy'n saethu eto, 'Ma' camera 'da Charlotte *a* Sara. A ma' Beca'n ca'l compiwter newydd *a* chamera achos mae'i un hi 'di torri. Wy'n teimlo'n *left out* . . .'

Rwy'n gwgu arni'n druenus a gwneud llygaid llo bach.

'Olreit, 'te. Unrhyw beth i weld gwên ar yr wyneb 'na 'to! Ond cofia di un peth – dwyt ti ddim i ddangos dy lun i rywun rywun ar y We 'na. Ti'n addo?'

'Wna i ddim, Mam. Wy'n addo.'

'T'wel, o'dd 'na fenyw yn y gwaith 'da fi yn ca'l perthynas 'da dyn ar y We. O'n nhw wedi dod yn agos. Ffindodd hi mas ei fod e wedi bod yn y carchar – am ladd ei wraig.'

Mae rhyw olwg wyllt yn ei llygaid.

'Pwy?' gofynnaf.

Mae Mam yn troi i ffwrdd. Mae golwg wedi brifo ar ei hwyneb. 'Lico'r colur,' meddai'n dawel.

'Fuodd Sara a Becs a fi'n arbrofi.'

'Dim Charlotte?'

'Ma' Charlotte yn rhy fishi'n caru i roi amser i'w ffrindie.'

Mae Mam yn rhoi ei llaw ar fy moch a'i hanwesu. Mae ei llygaid yn llaith.

'Ti'n mynd yn hen hebdda i. Fydda i gartre'n gynt o'r gwaith o hyn 'mlaen.'

*Sam	Tn gwbd ble fues i heddi.
*Eli	Le???
*Sam	I r-dd pili palas.
*Eli	WAAAW!
*Sam	Odd en hardd. Brn mor hardd a t :)
*Eli	Crafwr!
*Sam	Fn mddwl e. Mddwl am t trwwww'r dydd.
*Eli	Dim bai 'not t. Fn sbeshal iawn!!!!!
*Sam	Wt. T N xxxxx
*Eli	Awwww. Neis!
*Sam	Licen i fnd a t i r-dd pili pala f.
*Eli	Le ma gr-dd pili pala t?
*Sam	Ma n le r-bennig IAWN, IAWN. Dim ond pbl sbeshal syn mnd yno.

*Eli	Odw in sbeshal?
*Sam	Wt.
*Eli	Ga i ddod te?
*Sam	Dim siwr.
*Eli	Pam????
*Sam	Tn cal ofn. Falle.
*Eli	Ofn pili pala?
*Sam	Pili pala r-bennig.
*Eli	? fath o pili pala?
*Sam	Pili pala tn gwld a pili pala tn tmlo.
*Eli	Sut???
*Sam	Pan fn gwld t fn tmlo pili pala . . . W tn hapus fn tmlo pili pala?
*Eli	Odw.
*Sam	GR8. Pan ni n mnd ir r-dd bydda in tmlo pili pala. Iawn?
*Eli	Iawn.
*Sam	W t m fnd ir r-dd?
*Eli	OK.

Dw i ddim yn deall pob peth sy'n mynd ymlaen. Ond dwi ddim yn cyfadde hynny achos rwy'n ofni ei golli.

Rwy'n dyfalu bod mynd i'r ardd yn cynhyrfu Sam. Mae e'n 'gweld' pili pala trwy ofyn cwestiynau i mi. Cwestiynau ynglŷn â beth rwy'n ei wneud, beth rwy'n ei wisgo. Weithiau, mae'n gofyn cwestiynau sy'n gwneud i mi gochi. Mae'r cwestiynau'n rhoi pili pala i Sam – yn ei fol, a rhywle arall. Dydy e ddim yn dweud ble.

Mae e'n mwynhau. Achos ei fod e'n mwynhau, rwy'n mwynhau hefyd.

Rwy'n hoffi ei blesio.

Yn sydyn, mae'r drws yn agos. Rwy'n clirio'r sgrin yr un mor sydyn.

'Be ti'n neud?' gofynna Dad.

'Faint o weithe sy raid i fi ddweud 'thot ti am gnoco!' meddaf, fy llais yn codi.

'Wel, os nago's dim byd 'da ti gwato . . . o's e?' Tro Dad yw hi i godi ei lais.

'Nago's. So ti'n trysto fi 'te?'

'Cymryd diddordeb, 'na i gyd.'

Mae e'n dod i eistedd yn f'ymyl. Mae e'n gweld y gwaith cartre hanes ar y sgrin.

'Prin wy'n dy weld ti dyddie 'ma – ti ar y blydi compiwter 'ma . . .'

'Wel, os ti moyn gweld fi'n rhedeg y Cynulliad rhyw ddydd . . .'

Mae e'n gwenu. Gwên wan yw hi.

'Petawn i'n gwbod bod y *laptop* 'ma'n mynd i dy ddwyn di oddi arna i . . .'

'Sa i'n mynd i unman, Dad.'

Mae Mam a finnau'n mynd i siopa ar y dydd Sadwrn canlynol. Does dim llawer o gliw ganddi am gompiwters, ac felly ry'n ni'n mynd i un o'r siopau mawr ac yn gofyn i fenyw smart am ei chyngor.

Mae'n costio'n ddrud i Mam. Mae'n mynnu ei

gario trwy'r dre. Mae'n costio'n ddrud i mi hefyd. Mae Mam yn gweld cyfle i holi a stilio.

'Charlotte yn dal i weld 'i sboner te?' gofynna dros baned. Te gwyrdd iddi hi. Siocled poeth gyda *flake* i mi.

'Ody. Ma' fe'n gweud 'i fod e'n caru hi,' meddaf gan ddefnyddio'r *flake* i droi'r siocled.

'Ody hi'n ei garu e, 'te?'

'Wy'n credu bod hi. Fyse hi ddim yn hala gyment o amser 'da fe fel arall.'

'Odi hi ar y pil?' gofynna'n ddi-daro a sipian ei the.

'Mam!'

'Ma' isie iddi watso'i hun. Ma' bechgyn oedran 'na – ma'n nhw'n gallu cymryd mantes. Wy'n gwbod. Wy 'di bod 'na!'

'Nath Dad gymryd mantes o' ti?'

'O, o'dd sawl un cyn dy dad . . .'

Mae'r ddwy ohonom yn giglo fel dwy ffrind.

'Pwy o'n nhw 'te?' gofynnaf yn syn. Mae'n rhyfedd meddwl am mam fel hyn.

'Wel, weda i 'thot ti – os wedi di wrtha i . . .'

Mae'r siocled wedi fy nghynhesu tu mewn. Felly, rwy'n dweud wrth mam am Sam. Rwy'n dweud fy mod wedi cwrdd ag e ar y We. Rwy'n dweud ein bod ni wedi dod yn dipyn o ffrindiau.

'Odych chi'n mynd mas 'da'ch gilydd?' gofynna Mam, yn cuddio tu ôl i'w chwpan.

'Sai'n barod 'to – dim ar ôl beth ddigwyddodd 'da Ali Sibley.'

'Wy'n gwbod dy fod ti'n ferch fowr nawr, Eli – merch synhwyrol, chwarae teg i ti . . . ond ma' cariad yn gallu neud pethe rhyfedd i ni –'

'Ma-am!'

'Os o's rhywun isie i ti neud rhwbeth sy'n dy neud di'n anesmwyth – dweda wrtha i. Ocê?'

'Ocê,' cytunaf.

Ar y ffordd 'nôl i'r car, rwy'n cario'r camera. Pan ry'n ni'n cyrraedd adre rwy'n mynd i fyny'r grisiau'n syth.

NGS I ELI
T ISIE DOD DRAW HNO?

Mae Charlotte a finnau'n dal yn ffrindiau. Ond dy'n ni ddim yn ffrindiau gorau ers y diwrnod hwnnw yn y goedwig. Mae gan Charlotte Iwan Clust. Ac mae gen i Sam.

NGS I CHARLOTTE
BETH M IWAN?

NGS I ELI
NI 'DI CWPLA. DERE DRAW. 'DA F
CD – LH A DVD – BRIJ JONES.
SIOCLED. COKE. LAFF XXX

NGS I CHARLOTTE
SRI CHRL. BISHI HNO

Yn fy stafell rwy'n tynnu'r camera allan o'r bocs. Mae Sam yn y stafell ar y sgrin. Mae e'n dweud wrtha i sut mae gosod y camera. Rwy'n synhwyro ei fod yn gyffro i gyd. Rwy wedi cyffroi hefyd. Mae pili pala yn fy mol. Mae'r rhain yn bili pala gwahanol. Maen nhw'n gwneud i mi deimlo'n anesmwyth iawn. Rwy'n cofio am eiriau Mam, 'Os oes rhywun yn gwneud i ti deimlo'n anesmwyth . . .' Ond dydy hyn ddim yr un peth o gwbl. Rwy'n dweud wrth Sam fy mod i'n teimlo dipyn bach yn anesmwyth. Mae e'n gofyn ai fe yw fy ffrind gorau.

Clic. Mae'r camera'n tynnu fy llun. Rwy ar bigau'r drain yn aros am ei ymateb.

*Sam	Tn bryyydferth. Tn fwy pryyyydferth na Eli breuddwydion f.
*Eli	Aaaah! Neis oxoxox!
*Sam	Beta i bchgn i gyd ar ol t!
*Eli	Na.
*Sam	Na? :)
*Eli	Rhai. Falle.
*Sam	Paid Eli. Tn neud i f dmlon SAL!

Efallai nad yw Sam am ei glywed. Ond mae e'n wir. Rwy'n gwisgo rhyw hyder tawel y dyddiau hyn gyda fy mra *padded* a fy lipstic.

Rwy i wedi sylwi ac mae'r bechgyn wedi sylwi. Maen nhw'n edrych arna i nawr.

'Eli! Els!' Clywaf sibrwd tu ôl i mi amser gwasanaeth. Yn ddiarwybod i mi fy hun, mae fy llaw yn ymbalfalu am sip fy sgert. Mae fy nghalon yn curo'n galed. Ond mae popeth yn ei le.

'Ga i roi fy llaw fan 'na 'fyd?'

Edward Lloyd. Edds i'w fêts. Y crwt newydd yn ein dosbarth ni. Mae ganddo lygaid glas anhygoel a cheg fawr. Dyw e ond yn cael getawê achos ei fod e'n gymaint o bishyn.

Rwy'n troi 'nôl a gwenu fy ngwên orau.

'Gei di edrych, Edds – ond chei di ddim cyffwrdd!'

Mae Sara, Becs a finnau'n gwenu ar ein gilydd yn fuddugoliaethus. Mae Charlotte yn syllu o'i blaen yn syth, ei hwyneb fel marmor.

'*Tease*,' sibryda Eddie.

*Sam	Fn jelys :(
*Eli	Paid bod n jelys!
*Sam	.
*Eli	Ga i wld t nawr?
*Sam	Tn siwr?
*Eli	Odw.
*Sam	Tn siwr, siwr?
*Eli	Odw, odw!

Mae fy nghorff i gyd ar dân. Rwy'n teimlo fel rhyw byped ac mae rhywun arall yn tynnu'r llinynnau. Mae fy nwylo a 'nghoesau'n crynu i gyd. Bron fy mod i'n methu teipio'r geiriau syml hynny sy'n golygu cymaint – 'Odw, odw.'

Ro'n i wedi dychmygu Sam ers y noson gynta. Roedd e'n gyfuniad o Lustin Himberlake a Morlando Voom. Roedd ganddo gyrls melyn hir ac roedd e'n dal ac yn denau gyda llygaid brown fel cnau yn treiddio trwydda i fel sbectol x-ray.

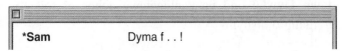

*Sam	Dyma f . . !

Mae'r llun yn aneglur. Rwy'n gweld mop o wallt brown, sbectol, wyneb crwn. Mae'r cwbl yn niwlog, fel ffoto wedi cael gormod o olau. Rwy'n siomedig.

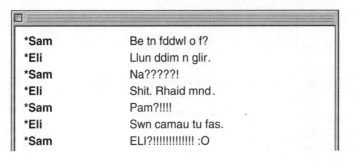

*Sam	Be tn fddwl o f?
*Eli	Llun ddim n glir.
*Sam	Na?????!
*Eli	Shit. Rhaid mnd .
*Sam	Pam?!!!!
*Eli	Swn camau tu fas.
*Sam	ELI?!!!!!!!!!!!!!! :O

NGS I CHARLOTTE
T YNA?

NGS I ELI
ODW, WRTH GWRS!!

NGS I CHARLOTTE
FN DOD DRAW WEDYN

NGS I ELI
GR8!!!! F RHOI LH R CD. WEDYN.
BRIJ J R DVD. ECSEITED!!!
CRU T ELI XXX

NGS I CHARLOTTE
CRU T FYD XXX

*Sam	W t m fnd ir r-dd pili pala?
*Eli	Gwaith i neud.
*Sam	Ni ddim n hir. Dere mlân!
*Eli	Sri. Mam n tjeco n y munud.
*Sam	OK. Fn deall :(
*Eli	.
*Sam	F 'di bod n mddwl . . . m y llun aneglur.
*Eli	O, ie . . .
*Sam	Fn gwbd sut ma neud llun n glir.
*Eli	Sut neud llun n glir???
*Sam	Be m gwrdd?
*Eli	.
*Sam	Be tn fddwl? T isie cwrdd a f? Ma 'da f anrheg i t.
*Eli	Anrheg?
*Sam	Ie. Anrheg da!

*Eli	Be yw e?
*Sam	Rhaid t aros . . . Be m gwrdd?
*Eli	Be m Dad a Mam?
*Sam	Tn frch fawr. Dim rhaid dweud popeth wrth rhieni. Dweud 'da ffrind.
*Eli	Hmm.
*Sam	Plis El. Tn gwbd t isie.
*Eli	Wel . . .
*Sam	Mmm. Dishgwl mlân i gsanu t XXXXX

Rwy eisiau ei gyfarfod. Dyma'r foment rwy wedi bod yn dyheu amdani. Rwy eisiau symud o fyd saff y sgrin i fyd go iawn ble gallwn ni gael perthynas go iawn. Siarad. Cusanu. Cyffwrdd. Ond yr unig beth galla i feddwl amdano yw Ali Sibley a'i dafod yn dew yn fy ngheg a'i law rhwng fy nghoesau.

Fydd pethau'n wahanol y tro yma. Rwy'n wahanol ers yr helynt gydag Ali.

Mae llais LH yn ein sïo ni. Mae Charlotte a finnau'n gorwedd ar ein boliau ar y gwely. Ry'n ni'n teimlo'n *chilled* braf.

'O'n i ddim yn caru fe,' meddai Charlotte. Mae'n swnio fel menyw sy wedi gweld y byd a'i wneud e i gyd.

'O'dd e ddim yn ddigon da i ti,' cytunaf.

'Ie, ti'n iawn . . . Ti dal yn grac 'da fi – achos be ddigwyddodd . . .'

Mae'n cynnig y botel *coke* i mi. Rwy'n ei gwrthod.

'Dylet ti 'di stopio fe.'

'Dylet *ti* 'di stopio fe. O'n i'n rhy fishi'n cusanu Iwan.'

Mae Charlotte yn rhoi'r caead ar y botel.

'*Sums you up* yr wthnose dwetha 'ma . . . O'dd e'n rhoi lo's i fi, Lotty.'

'Mwy o reswm byth i roi slap iawn 'ddo fe.'

'A phawb yn rysgol yn galw fi'n *frigid* . . ?'

'So ti'n *frigid* 'yt ti . . ?'

'Nagw. Wrth gwrs ddim.'

'Bryd i ti ddechre practiso ar y Sam 'ma 'te.'

'O, sai'n gwbod . . .'

Mae Charlotte yn gafael yn fy llaw.

'Ma'n olreit i fod yn nerfus ti'mod – tro cynta ti. Dere. Gei di tips 'da Brij yn y ffilm.'

📱 SAM	BLE T 'DI BOD?!!!!!!!!!
📱 ELI	'DA FFRND
📱 SAM	FFRND MRCH NEU FFRND BACHGN?!!!
📱 ELI	FFRND MRCH
📱 SAM	O, OCE
📱 ELI	ODY E? NI 'DI CSANU!!! OND F DIM N LESBIAN!!!!!
📱 SAM	DIM OTS 'DA F OS T N . . .
📱 ELI	TYPICAL DYN!!! BCHGN DOSBARTH FN OBSESSED 'DA NHW!
📱 SAM	GWLD ISIE T. T M GWRDD?
📱 ELI	ODW
📱 SAM	!!! PRYD?!!!
📱 ELI	CYN BO HIR!

Pennod 11

NGS I ELI
NEWYDD DA! 'DI CAL TOCYNNE!
EMINEM!!!

NGS I SAM
WAAAW!!!!!! SUT?!!!!

NGS I ELI
LWC! ENNILL CYSTADLEUAETH
R RADIO!!!

Mae mam Charlotte yn hwyr yn ein nôl o'r ysgol. Mae hi'n rhewllyd o oer hyd yn oed yn fy anorac newydd â'r goler ffwr. Mae Charlotte yn poeri gwaed!

'Well iddi fod 'ma gloi! Wy moyn mynd i siopa am ddillad ar gyfer nos Sadwrn!'

'Pam? Be sy'n digwydd nos Sadwrn?'

Mae Charlotte yn edrych fel petawn i wedi ei bwrw â sosban!

'Els! Disco diwedd tymor! Fydd Edds 'na! Duh.'

'*Who cares*?' meddaf yn agor fy ngheg. 'Sai'n mynd.'

99

'Ti'n jocan?' Mae llais Charlotte yn dawel ond yn gadarn.

'Sori. Wy 'di trefnu mynd mas 'da Sam.'

'Ti ffaelu! Bydd 'da fi neb i fynd i'r disco . . !' meddai, ei llais yn codi.

'Bydd 'da ti Sara a Becs . . .'

'Ti'n gwbod beth ma' nhw fel . . .'

'Odw. Achos ges i lot o'u cwmni nhw pan o't ti off yn snogan 'da Clust!'

Mae Charlotte yn sgrwnshio'i cheg yn benderfynol. 'Ti ffaelu neud hyn i fi. Ni 'di addo – byth i adel bachgen ddod rhynton ni 'to!'

'Ti o'dd moyn i fi gwrdd â Sam. Ni'n mynd i gig Eminem. 'Bach yn fwy *exciting* na disco ysgol.'

'Eminem?! *Yeah, right*!'

'*Yeah*! Enillodd Sam docynne ar y radio!'

Rwy'n meddwl fy mod wedi ennill y dydd achos mae Charlotte yn dawel am foment. Mae'n dechrau tywyllu. Yna, mae Charlotte yn taflu ergyd arall. Mae'n ergyd isel iawn.

'Sam, Sam, Sam . . . Sam – neu Samantha?!'

'Paid bod yn blentynnedd!'

'Wy'n seriys. So ti 'di cwrdd ag e, wyt ti?'

'Wy 'di gweld 'i lun e.'

'Un llun gwael. Falle bod e'n gwisgo wìg.'

Mae beth mae Charlotte yn ei awgrymu yn chwerthinllyd. Ond mae'n fy sigo oddi ar fy echel.

'Meddylia ambytu fe, Eli. Pwy sort o ddyn sy'n

chwilio am fenyw ifanc ar y We? Dyn sy'n salw ac yn dew ac yn HEN! Neu fenyw – menyw sy'n lico merched bach!'

Rwy'n llyncu fy mhoer. Mae llaw rewllyd yn gafael yn fy nghalon. Rwy'n meddwl am eiriau Sam . . .

'Mae dynion i gyd yn foch. Rwy'n wahanol.'

Sut berson fyddai'n wahanol i ddyn? Menyw yn un.

'Eli, ti'n olreit?' meddai'r llais meddal.

Mae cloch ffôn Charlotte yn ein dihuno. Neges 'wrth ei mam. Mae hi ar ei ffordd.

'Dere 'da fi i'r disco. Gewn ni sbort . . .'

Rwy'n sylweddoli. Eiddigedd yw'r cwbl.

'Wy'n mynd i ffono Dad. Hwyl i ti.'

'Paid bod yn stiwpid! Fydd Mam 'ma nawr. Ewn ni i siopa 'da'n gilydd.'

'Sa i moyn bod yn gi bach i ti rhagor. Wy 'di tyfu lan.'

'Ond fi yw ffrind gore ti.'

'Well 'da fi fod *heb* ffrind o gwbwl na cha'l ffrind sâl fel ti.'

Ac rwy'n martsio i ffwrdd gan ddal fy mhen yn uchel.

Rwy newydd adael neges ar mobeil Dad pan rwy'n sylwi ar y car wedi'i barcio ar draws y ffordd. Car smart. Audi du. Mae rhywun ynddo. Dw i ddim yn gallu gweld yn iawn yn yr hanner golau. Rwy'n tynnu fy nghot amdanaf fel cwtsh gynnes.

'Eli!' daw gwaedd o'r car. 'Fi sy 'ma.'

Llais dyn? Alla i ddim bod yn siŵr.

Mae fy nghalon yn llamu. Ai fe yw e? Sam?

'Ti'n dilyn fi?' gofynnaf. Mae fy llais yn grynedig.

'Na. Weles i ti, 'na i gyd – 'da dy ffrind.'

'Beth ti'n neud 'ma?'

Ydy hi'n rhy hwyr i fynd yn ôl at Charlotte a'm cynffon rhwng fy nghoesau. Na, dw i ddim am wneud hynny.

'Ti hyd yn o'd yn fwy prydferth yn y cnawd.'

Ni allaf feddwl am ddim byd i'w ddweud. Mae fy llais wedi rhewi'n gorn.

'Wy 'di dod â'r anrheg fel addewais i. Ti moyn gweld beth yw e?'

Rwy'n nodio fy mhen yn fud.

'Mae e yn y cefn,' meddai Sam. 'Ti moyn reid?'

'Y, y sa i'n siŵr . . .' meddaf yn llipa. Ydw i'n mentro mynd yn agosach – gweld y llun yn glir?

'Dad a Mam. Maen nhw siŵr o fod 'di gweud, "Paid mynd 'da dynion dieithr!"'

'Rhwbeth fel'na,' meddaf i.

'Dw i ddim yn ddieithr, ydw i? Ni'n ffrindie ers miso'dd. Dere! Af i â ti gatre'n syth. Wy'n addo i ti. Gewn ni siarad am y gyngerdd, Eminem. Wy 'di prynu *outfit* i ti. Ti 'di ca'l dillad o Gucci o'r blaen?'

Gucci?! Mae'n rhaid bod Sam wedi gwario ffortiwn! Yn lle gwneud i mi deimlo'n dda, rwy'n dechrau crynu.

Mae fy ffôn yn canu. Dad, rwy'n meddwl. Ond dwi ddim yn ei ateb. Rwy fel petawn i dan ddylanwad rhyw hud rhyfedd.

*   *   *

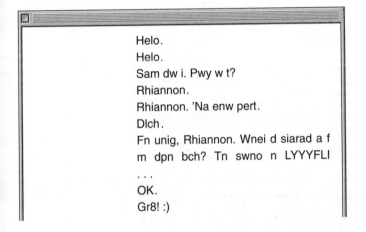

Helo.
Helo.
Sam dw i. Pwy w t?
Rhiannon.
Rhiannon. 'Na enw pert.
Dlch.
Fn unig, Rhiannon. Wnei d siarad a f m dpn bch? Tn swno n LYYYFLI
. . .
OK.
Gr8! :)

Y DIWEDD

Am fwy o wybodaeth am ddefnyddio'r Rhyngrwyd yn ddiogel, ewch i www.chatdanger.com.